19.80

Gerrit Pithan, Ich singe vom Menschen

Gerrit Pithan

Ich singe vom Menschen

Geschichten von den Färöern

Edition Ambo

JOHANNIS LAHR

Die Deutsche Bibliothek – CIP-Einheitsaufnahme

Pithan, Gerrit:
Ich singe vom Menschen : Geschichten von den Färöern / Gerrit Pithan. – Lahr : Johannis; Offenburg: Edition Ambo, 1992
(SJD-Literatur ; 05403)
ISBN 3-501-01125-3
NE: 1. GT

ISBN 3-501-01125-3 (Johannis)
ISBN 3-9802895-0-8 (Ambo)

Umschlaggestaltung: Mathias Hütter, Schwäbisch Gmünd
unter Verwendung eines Gemäldes von
Caspar David Friedrich (»Der Sturzacker«, Ausschnitt)

Gesamtherstellung:
St.-Johannis-Druckerei, 7630 Lahr/Schwarzwald
Printed in Germany 10681/1992

Inhaltsverzeichnis

DIE
FÄRÖER
TUGLOY
Vidareidi
VIDOY
Kirkja
Hattarvik
KALSOY
KUNOY
Fuuningur
Elduvik
Nord-
depil
Hvannasund
BORDOY
SVÍNOY
Klaksvik
Leirvik
EYSTUROY
VESTMANNA
STREYMOY
VAGAR
Streudur
TORSHAVN
Nolsoy
NOLSOY
HESTUR
Bordan
Kapilsund
SANDOY
Husavik
SKUVOY
STORA DIMUN
SUDUROY
N
0
4
8
12 Km

Ankunft

Weil die Sicht schlecht gewesen war, landete das Flugzeug aus Dänemark mit zweistündiger Verspätung auf Vagar, aber kein Mensch regte sich darüber auf, denn es war fast ein Normalzustand, insbesondere für Einheimische. Ein leichter Sprühregen hatte eingesetzt, als die Passagiere, die fast ausschließlich Insulaner waren, die Maschine verließen. Dies war allerdings einen Tag vor Weihnachten nicht sonderlich erstaunlich, da um diese Jahreszeit viele ihre alte Heimat besuchten. Die Fluggäste eilten durch den Regen in die Halle des kleinen Flughafens, um dort auf ihr Gepäck zu warten. Einige wurden von ihren Verwandten und Freunden erwartet, aber es waren nur wenige. Nach einer Weile wurden die Wagen mit dem Gepäck in die Halle geschoben, und die allgemeine Suche nach den eigenen Sachen begann.

Bei der kleinen Gruppe stand auch ein junger Mann von etwa achtundzwanzig Jahren und hielt nach seinen Koffern Ausschau. Er war hochgewachsen, schlank und hatte ein unscheinbares Gesicht; von Beruf war er Seemann auf einem Frachter, der zur Zeit in Kopenhagen im Trockendock lag. Dadurch hatte er Gelegenheit, zum alljährlichen Familienfest zwischen Weihnachten und Neujahr in die Heimat zurückzukehren.

Björn Detlefsen, inzwischen im Besitz seiner Koffer, verließ den Flughafen und strebte den wartenden Bussen zu, um dort seine Sachen aufs neue zu verstauen. Danach bestieg er den Bus, der nach Klaksvik fuhr, wurde aber vom Fahrer aufgehalten, der ein alter Schulkollege von ihm war. Sie sprachen eine Weile von den alten Zeiten, die ja so gut gewesen waren, dann sahen sie sich an und stellten fest, daß die Gemeinsamkeiten nur Erinnerungen waren. Verlegen grinsend verabschiedeten sie sich und meinten, man müsse sich mal wieder sehen.

Aufseufzend sank Björn in einen der Sitze, froh, daß der Bus nicht besonders voll war. Langsam setzten sie sich in Bewegung und fuhren sanft schaukelnd über die Insel, deren Anblick der Seemann in sich aufsog, wie etwas, das man ihm lange vorenthalten hatte. Bald erreichten sie die Fähre zur nächsten Insel, aber Björn blieb während des kurzen Übersetzens im Bus und überlegte, ob er sich freute. In sich hineinhorchend, blickte er auf das Wasser, dann drang ein Lächeln durch seine Müdigkeit: Ja, er freute sich. Er freute sich auf seine Familie, die Eltern, Geschwister, Onkel und Tanten, Vettern und Cousinen, und er freute sich auf Weihnachten, auf die Christvesper, den Festgottesdienst, die Bescherung und vor allem auf die glücklichen Gesichter. Als er die Augen schloß, tauchten sie vor seinem inneren Auge auf, so daß sein Gesicht Frieden ausstrahlte. Doch bei einem Gesicht durchzuckte es ihn, seine Augen öffneten sich und blickten fragend nach draußen. Dann schlossen sie sich wieder, aber es dauerte einige Zeit, bis er seinen Frieden wiedergefunden hatte.

Der Bus fuhr jetzt über Streymoy und schob sich hupend durch eine Nebelbank. Mit einem fast nicht zu ahnenden Lächeln schaute der Seeman in die weißen Schleier, in denen man hin und wieder ein Schaf erahnen konnte. Doch bald schlossen sich seine müden Lider, und er glitt in einen unbestimmbaren Dämmerzustand, in dem sich das Hupen des Busses mit den Gesichtern der Familie und dem grünen Vorbeieilen der kargen Berghänge mischte. Nach und nach schwanden auch diese Bilder, um einem tiefen, traumlosen Schlaf zu weichen, aus dem er erst wach wurde, als der Bus in Leirvik hielt. Verkatert suchte er sein Gepäck zusammen, nickte noch einmal dem Fahrer zu und tappte dann zur wartenden Fähre.

Ein kalter Wind wehte, der ihm seine verschlafenen Sinne wieder zurechtblies, als er plötzlich von einer riesigen Pranke erfaßt wurde, die ihn wie eine Feder herumwirbelte. Ehe er auch noch einen Ton von sich geben konnte, wurde er beinahe in einer gewaltigen Umarmung erstickt. Erst als er auf Armeslänge fortgestoßen wurde, drang ein dröhnendes Lachen in seinen verwirrten Kopf. Blitzartig erkannte er seinen älteren Bruder Halfdan, der ihn zum zweiten Male an seine riesige Brust zog.

»Björn«, rief er, »Björn, Björn, Björn!«, nahm ihn bei den Händen und tanzte ausgelassen mit ihm über das Deck der kleinen Fähre, deren Kapitän er war. Endlich ließ er ihn los, stellte sich breitbeinig vor ihn hin, um ihn gründlich zu betrachten. Auch Björn freute sich, seinen Bruder wiederzusehen, aber nur ein warmes Lächeln durchdrang die gewisse Distanz, die ihn fast immer umhüllte. Oft schon hatte er seinen Bruder um dessen Impulsivität und Spontaneität beneidet, doch wenn er es versuchte, erschien es ihm immer gezwungen.

Björn betrachtete Halfdan intensiv, so wie dieser ihn musterte: Groß, aber doch gedrungen wirkend, ragte er vor ihm auf, fest verwurzelt in seinen gewaltigen Gummistiefeln. Ein Leuchten strahlte aus seinem zerzausten, unrasierten Gesicht, und sein Bauch wurde unter dem rostfarbenen Pullover vom Lachen in Schwingungen versetzt. Noch einmal nahmen Halfdans Pranken Björns Hand zwischen sich, leiser werdend sagte er abschließend: »Schön, daß du wieder da bist.«

Abrupt wandte er sich um und ging an seine Arbeit, während Björn sich daran machte, sein Gepäck aufzusammeln, das durch Halfdans Überschwang auf dem ganzen Deck verteilt war. Noch leicht verwirrt durch den stürmischen Empfang, bückte er sich nach seinen Koffern und Päckchen, als auf einmal eines aus seiner Hand fiel, über Bord glitt und im Fjord versank. Der Seemann starrte traurig auf das Wasser, in dem er noch für einen Augenblick das Weihnachtspapier sehen konnte. Ausgerechnet dieses Päckchen mußte verlorengehen, es war ihm so wichtig gewesen. Wo sollte er jetzt Ersatz herbekommen?

Leicht verdrossen verstaute er den Rest seines Gepäcks unter Deck, um dann seinen Bruder zu suchen, den er auf der Brücke fand, wo er das Meer beobachtete. Als er sich umwandte und Björns ansichtig wurde, leuchtete wieder Freude in ihm auf, so daß sich der Ärger in Björn verflüchtigte. Gemeinsam schauten sie hinaus, sprachen über die Familie, über die Kinder und Verstorbenen, über den neuesten Inselklatsch. Wohlig schmiegte sich das Gefühl der Familie an ihn, wie ein warmer Handschuh im Winter. Dann sprachen sie von dem bevorstehenden Fest, und Halfdan erzählte, daß er für die Kinder den Weihnachtsmann spielen werde. Woraufhin Björn schmunzelte und meinte, daß er ja auch eine weihnachtsmanngemäße Figur habe. Bevor sie jedoch richtig zu frotzeln begannen, erreichte das Schiff den Pier von Klaksvik, so daß die Brüder sich auf die Schulter klopften und sich dann auf ihre jeweiligen Aufgaben konzentrierten.

Jedesmal wenn der Seemann nach Hause kam, nahm er schmerzlich wahr, wie neue Gebäude aus dem Boden wuchsen, wie alte verschwanden, und wie die ganze Stadt sich immer weiter von der Stadt entfernte, die seine Heimat gewesen war. Aber Heimat war zum Glück nicht nur die Stadt, sondern in erster Linie die Menschen, die sich zwar auch änderten, jedoch nicht so schnell wie die Welt, in der sie lebten.

Zielstrebig ging er auf das Haus seiner Eltern zu, in dem es geschäftig summte. Als er die Tür öffnete, stürzte sich die ganze Familie, die Eltern, der Großvater, Geschwister, Nichten und Neffen und einige Tanten und Onkel wie eine Woge freudig auf ihn, um ihn aber bald darauf allein wie einen Brandungsfelsen zurückzulassen, denn alle steckten tief in Weihnachtsvorbereitungen. Eine sonderbare Geruchsmischung von Gebäck und gebratenem Fisch wehte ihm entgegen; überall wurde noch geputzt, genäht, gebacken und gekocht, während der Großvater an jeden Erschöpften Getränke austeilte. In dieser Weihnachtsstimmung tauchten überall die Köpfe der Kinder auf, wie Rosinen in einem Kuchen, die erwartungsfroh und ungeduldig nicht mehr wußten, wie sie die Zeit herumbekommen sollten. Ehe sich's Björn versah, saß er in einem Sessel mit einer Tasse Tee, in die ihm der Großvater grinsend Rum gegossen hatte, und die Kinder versammelten sich um ihn, um Geschichten von seinen Reisen zu hören. Doch zum Glück kam bald die Mutter, die die ganze Versammlung nach draußen schickte. Dann setzte sie sich zu ihrem Sohn, nippte an einer Tasse Tee und betrachtete ihn schweigend, denn sie kannte seine Abneigung, ausgefragt zu werden. Wie ein kleiner Teich breitete sich Ruhe zwischen ihnen aus, bis Björn aufatmend die Stille beendete, um zu erfahren, wo er die Geschenke für die Kinder lagern sollte. Auf das Alltägliche zurückgeworfen, begann seine Mutter gestenreich zu erklären, wo die Geschenke abgestellt waren. Außerdem machte sie ihn darauf aufmerksam, daß er nicht in seinem Zimmer schlafen könne, da sie dort Verwandtschaft einquartiert hatte.

Statt dessen könne er bei Onkel Sigvat wohnen, am besten würde er sein Gepäck jetzt schon hinbringen. Nach diesem dezenten Hinweis, daß er sie von der Arbeit abhielte, brach Björn sofort auf und brachte seine Sachen zwei Straßen weiter zum Hause Onkel Sigvats.

Er mochte seinen Onkel, hatte ihn schon immer gemocht, auch wenn er etwas eigenartig war. Sigvat war ein sehr stiller, scheuer Mensch, der irgendwie immer Fehl am Platze wirkte. Vielleicht lag es daran, daß er nicht wie ein Postbeamter aussah, sondern wie der Dirigent eines großen Symphonieorchesters. Er hatte eine gewaltige Künstlermähne, die ihm, immer wenn er sich heftig bewegte, in die Stirn fiel, und eine erstaunliche Nase, die das übrige Gesicht bedeutungslos wirken ließ. Wenn er saß, krochen seine Finger herum auf der Suche nach etwas, das sie nie zu finden schienen. In Gesellschaft von Menschen schien Sigvat am liebsten die Flucht ergreifen zu wollen, deshalb mußte das Familienfest eine Tortur für ihn sein. Aber wenn man allein mit ihm war, blühte er förmlich auf.

Jetzt sah Björn schon das Haus seines Onkels, in dem er mit seiner Frau und seiner Adoptivtochter Solveig wohnte. Solveig, ein Findelkind, etwa im selben Alter wie Björn, war die jüngste von Sigvats Kindern; die anderen hatten das Haus schon alle verlassen.

Erleichtert setzte er die Koffer ab, um an die Tür zu klopfen, aber niemand antwortete. Dann pochte er mit aller Macht an die Tür, daß das kleine Fenster darin klirrte. Irgendwo im Haus erscholl eine Stimme: »Die Tür ist offen. Stellen Sie die Kiste neben die Treppe.«

Der Seemann folgte der Stimme bis in die Küche, wo Solveig, ihm den Rücken zukehrend, das Fenster putzte.

»Hallo Solveig«, sagte er, »ich bringe keine Kiste mit; aber man hat mich bei euch einquartiert.«

Erstaunt wandte sie sich um, um dann Björn freudig die Hand zu schütteln. Leicht erhitzt und von der Arbeit aufgelöst, erzählte sie, daß sie noch eine Lieferung erwartet hätte, deswegen ihr Ruf vorhin. Abwesend nickte er, bis Solveig plötzlich auflachte und Björn fragte: »Björn, wo bist du?«

Woraufhin er zusammenzuckte, verlegen lächelte und erklärte, daß das wohl von der Flugreise käme, sein Körper sei schon hier, aber die Seele käme noch nach. Entschlossen packte sie ihn bei den Schultern, drehte ihn um und schob ihn auf den Gang. Er solle erst einmal seine Sachen auf sein Zimmer bringen, sie würde in der Zwischenzeit einen Kaffee kochen, der Leib und Seele wieder vereinigen würde.

Müdigkeit breitete sich in seinen Gliedern aus, als er die Treppe hinaufstieg, um sein Zimmer aufzusuchen. Ein schweigender Raum empfing ihn, von der Sonne durchwühlt, die gerade einmal durch die Wolken brach. Machtvoll lockte ihn das jungfräuliche Bett, aber er packte nur das Nötigste aus und ging dann wieder nach unten. Der Seemann legte die Handflächen auf den Tisch und spreizte die Finger, während der glühende Auferstehungskaffee ein Loch in seinen Magen brannte. Jetzt legte er die Hände wieder zusammen und lehnte sich zurück. Er war zu Hause. Leise sprachen sie miteinander über Björns Reisen, über Solveigs Leben hier, über das vergangene Jahr ...

Es herrschte ein sonderbares Verhältnis zwischen ihnen. Einerseits waren sie fast wie Geschwister aufgewachsen, aber auf der anderen Seite waren sie enge Freunde in einer Art, wie es unter Geschwistern nicht möglich war. Oft waren sie sich fremd, erkannten sich gegenseitig nicht, doch dann brach wieder eine starke Seelenverwandtschaft in ihnen hervor, die alles andere überdeckte. Sie führten intensive Gespräche miteinander, aber es gab Zonen, die sie nie berührten. Als sie älter wurden, war auch etwas von Liebe zwischen ihnen, jedoch nur wie ein Luftzug, der durch ein schlecht schließendes Fenster in einen geheizten Raum eindringt. In ihrer Beziehung war von allem etwas, aber nichts ganz – und sie wußten darum. Sie wußten darum und hatten es so belassen; sie genossen die enge Gemeinschaft, respektierten ihre Grenzen und strebten nicht nach den unbekannten Gebieten des anderen. Die Familie war zufrieden, als Björn auf Reisen ging, denn sie hatten die Beziehung zwischen Björn und Solveig nicht zu deuten gewußt. Allein Onkel Sigvat hatte darauf bestanden, sie in Ruhe zu lassen.

So saßen sie da, die Kaffeetassen in den Händen, betrachteten den Dampf, der gemütlich zur Decke stieg, redeten, lachten und schwiegen. Als das Gespräch auf die Weihnachtsvorbereitungen kam, wurde Björn ernst. Zögernd erzählte er Solveig, daß er dieses Jahr kein Geschenk für sie habe, daß heißt, er habe zwar ein Geschenk gehabt, aber es sei durch widrige Umstände während der Fährfahrt in den Fjord gefallen.

Der Seemann hatte Solveig nicht angesehen, während er von dem Geschehen auf dem Schiff berichtete. Als er sie jetzt anschaute, hob sie den Kopf, blickte ihn offen an und sagte, daß es nicht schlimm sei. Schweigend tranken sie ihren Kaffee, bis Björn abrupt die Tasse abstellte: »Solveig! Ich kann dir doch etwas schenken, aber es ist etwas ausgefallen, und ich weiß nicht, ob du es haben willst.« Er spürte, wie ihr fragender Blick auf ihm ruhte, als sie aber nichts erwiderte, fuhr er fort: »Ich möchte dir Geschichten schenken. – Du weißt, daß ich bis Silvester auf den Inseln bin, ich kann dir bis dahin jeden Tag eine Geschichte erzählen – wenn du willst. Ich betone das so, weil Geschichten etwas Unberechenbares in sich bergen; sie können die Wahrheit sagen, sie können bitter sein, sie können schön sein, sie können lügen . . . man weiß nie. – Eine Geschichte bekommt Eigendynamik, Eigenleben sowie sie erzählt wird. Sie enthält viel vom Wesen des Erzählers, aber auch Eigenes, von dem man nie weiß, was damit geschieht.« Der Seemann hielt inne, doch das Mädchen schwieg noch immer. »Solveig, ich sage das nur, weil ich nicht weiß, was passiert, wenn du meine Geschichten hörst. Vielleicht kommen wir uns näher, vielleicht aber trennen sie uns, und wir sehen einander als Fremde an. Auf jeden Fall überschreite ich eine Grenze in mir, in dir.« – Er machte eine Pause. – »Darf ich dir meine Geschichten erzählen?«

Sie schaute ihn direkt an, dann sagte sie: »Björn, du denkst zuviel. Erzähle mir deine Geschichten, sie sind bestimmt mehr wert, als das Geschenk, das im Fjord versank. Was soll schon durch Geschichten geschehen, Björn? – Ich möchte sie hören, weil sie von dir sind.«

So endete das Gespräch, und viel ist vom Ankunftstag nicht mehr zu berichten, lediglich, daß der Seemann das Haus kurze Zeit später verließ, um zu seinen Eltern zu gehen, wo er gleich bei den Festvorbereitungen eingespannt wurde. Früh am Abend zog er sich zurück, um schlafen zu gehen.

Der nächste Tag: Heiligabend. Was soll ich erzählen? Es war ein schöner Tag. Morgens letzte Vorbereitungen, dann die Ruhe vor dem Sturm. Nachmittags sah man, wie sich eine lange Reihe von Sonntagsanzügen zur Kirche bewegte, gefüllt mit feiertäglichen Menschen. Die Christvesper, ein Reigen von Liedern und Textlesungen, bei der sich die Seele des Seemanns vollsaugte, wie ein Stück verdorrte Erde.

Danach strebten alle wieder in ihre Häuser. Auch die Familie Detlefsen versammelte sich im Hause von Björns Eltern. Zuerst gab es, wie jedes Jahr, die Bescherung der Kinder, bei der Halfdan als Weihnachtsmann verkleidet aus einem großen Sack die Geschenke verteilte. Glück und Freude durchtränkte das Haus und seine Bewohner, so daß die Freudenschreie und das Lachen der Kinder die Fundamente erschütterte; aber das Haus war fest gebaut.

Halfdan trug die Kleinsten auf den Schultern durch die Zimmer, die sich jubelnd in seinen Weihnachtswattebart krallten. Nachdem das Chaos vollständig war, ging man zum Essen.

Langsam kehrte Ruhe ein, die nur noch einmal kurz gestört wurde, als die Kinder ins Bett geschickt wurden. Bald hatte sich der Rest der Familie im großen Wohnzimmer versammelt und wartete darauf, daß der Großvater als Ältester die Familienbibel hervorholte, um die Weihnachtsgeschichte vorzulesen. Halfdan saß völlig erschöpft und immer noch mit seiner Weihnachtsmannmütze verziert in einem Sessel. Hinter ihm hatte sich Onkel Sigvat in das Halbdunkel zurückgezogen. Jetzt kamen die Frauen aus der Küche und setzten sich zu den anderen, oben hörte man hin und wieder die Kinder rascheln, aber es störte die Ruhe nicht. Bedächtig öffnete der alte Mann die Bibel, um den bekannten Text zu lesen. Björn sah, wie er sich räusperte und wie eine blasse Zunge über die Lippen zuckte. Feierlich durchmaßen die ersten Sätze den Raum, dann ließ der alte Mann die Bibel sinken und trug den Text frei vor, wobei er einen nach dem anderen musterte. Alle schauten zu Boden, durchdrungen von einer handgreiflichen Stille, und Björn dachte: Ja, das ist es. Das ist das Wesentliche.

Sein Blick glitt jetzt zum Großvater, der zitterig aufstand und mit einer Stimme, die ihre Kraft verloren hatte, für das vergangene Jahr dankte. Zum Abschluß faßten sich alle bei den Händen und sprachen: »Amen.«

Dann begann man damit, die Geschenke auszupacken, und hier herrschte ebenso eine Freude wie bei den Kindern, wenn auch nicht so lautstark.

Später hatte sich Björn, als sie plaudernd beieinander saßen, auf dem Boden niedergelassen, den Rücken an die Wand gepreßt. Er blickte in sein Glas und horchte auf das Murmeln und Lachen, auf die quietschenden Sessel, auf das Knacken der Balken. Er roch den Tabak, den sein Vater gerade in seine Pfeife stopfte und den Glühwein, der alles überlagerte. Nach einiger Zeit blickte er auf, betrachtete die Gesichter der Familie, den Großvater, der in seinem Sessel schlief, Halfdan, der mit seiner Frau flüsterte, Solveig, die mit ihrer Mutter und Tante Herdis sprach, und dann all die anderen. Doch plötzlich meinte er, in der rauchigen Luft noch andere Gestalten zu sehen, die sich zwischen sie drängten, die sie durchdrangen. War da nicht die Großmutter, die vor drei Jahren starb? Onkel Saemund stand hinter dem schlafenden Großvater, mit Paul an der Hand, dem Vetter, der vor fünfzehn Jahren ertrank. Aber noch andere Schatten tauchten auf; er selbst als Kind, mit einem Spielzeugauto spielend, seine Eltern wundersam verjüngt, ganz Alte, die er nicht mehr kannte, mit Säuglingen auf dem Arm, die die Kinder einer neuen Generation sein mochten. Verwirrt rieb sich Björn die Augen, als Onkel Sigvat sich vorbeugte und ihm zuflüsterte: »Wir sind nie allein. Immer schon waren andere da, immer werden neue kommen. – Wir sind nie allein.«

Wie kann das sein, dachte Björn, auf meinen Fahrten war ich immer allein, selbst im engsten Gewühle, und auch das hier sind nur Schatten, wie wir selber vielleicht auch.

Ehe er etwas erwidern konnte, hatte sich Sigvat ins Dunkel zurückgelehnt und nippte an seinem Glas. Lange grübelte Björn vor sich hin, beobachtete die Schatten, die sich hin und wieder zeigten, bis sich allgemeine Müdigkeit breitmachte, und alles in die Betten strebte.

Langsam gingen Björn und Solveig zum Hause Onkel Sigvats, beide in Gedanken versunken. Kurz bevor sie es erreichten setzten sie sich, wie einer gemeinsamen Eingebung folgend, auf einen Zaun. Björn bedankte sich bei Solveig für den Pullover, den sie ihm geschenkt hatte. Dann meinte er: »Eine Geschichte ... Hast du schon einmal über die Menschen nachgedacht – über das Ineinandergreifen, das Überlappen der Zeit und der Menschen? – Aber wer tut das schon. – Wir denken ja nicht einmal über die einfachsten Dinge des Lebens nach. Nimm zum Beispiel diesen Zaun, auf dem wir sitzen: Warum steht er hier? Wer hat ihn hier hingestellt? Wo kommt das Holz her? ... Ja, ein Zaun, ich werde dir eine Geschichte über einen Zaun erzählen.«

Solveig schaute Björn an, der seinen Blick zu Boden gerichtet hatte. Leise flossen die Worte aus ihm heraus, um im Dickicht der Nacht zu versickern.

Zäune

Die beiden Männer schritten langsam den steilen Weg empor, während das kleine, buntgewürfelte Dorf Hatarvik hinter dem Berghang in ihrem Rücken versank. Der eine der Männer, etwa fünfunddreißig Jahre alt, aussehend wie ein Ausbund der Gesundheit, zog eine Art Schlitten bepackt mit Zaunpfählen. Der andere, Gudmund Asmusson, entfernte sich beständig von den siebzig; er mühte sich mit einer großen Drahtrolle ab. Gudmund war hier auf Fugloy geboren und hatte es sich geschworen, auch hier auf der Insel seiner Väter zu sterben. Stolz konnte er seine Vorfahren bis in die Zeit König Harald Schönhaars zurückverfolgen. Sein Vorfahr Thorgrim hatte als erster Fugloy besiedelt, und von da an hatten seine Nachkommen immer auf der Insel gelebt und ihr Leben von Fischfang und Schafzucht gefristet. Gudmund hatte Kinder und Enkel in großer Zahl, von denen nur wenige die Insel verlassen hatten. Neue Generationen wuchsen heran, das Leben fortsetzend.

Gudmund der Alte, wie man ihn nannte, dachte an seinen Enkel Halldor, der ihn jüngst nach der Sonntagsschule gefragt hatte, was das bedeute, daß Hiob starb, alt und lebenssatt. Leise lachte er vor sich hin; er sah noch das erschrockene Gesicht Gudmunds des Jungen, seines Sohnes, der Halldor über den Mund fuhr. Ja, was bedeutete das, alt und lebenssatt? Alt war er, aber lebenssatt? Nein, das nie!

Er heftete seinen Blick auf das Ende des Schlittens, der sich den triefenden Grashang emporquälte. Wenn er sich hin und wieder aufrichtete, konnte er das rote, leuchtende Gesicht seines Nachbarn Olafs sehen, der den Schlitten zog. Der Zaun zwischen ihren Weiden auf der Insel mußte repariert werden. Gudmund wußte nicht, wie oft er in seinem Leben die Zäune erneuert hatte. Fischen ging er nicht mehr, aber der Zäune nahm er sich noch jedes Jahr wieder an.

Ein kurzer Regenschauer strich über die beiden Männer, jetzt waren sie an ihr Ziel gekommen. Gewissenhaft legten sie die Pfähle und den Draht in eine kleine Senke, denn auf den glatten Hängen der Insel wurden selbst die unbelebten Dinge von einer starken Sehnsucht zum Meer ergriffen und strebten ihm unerbittlich zu, wenn man nicht achtgab. Genußvoll zündeten sie ihre Pfeifen an und sammelten Kraft für die Arbeit. Einsamkeit breitete sich um sie aus, nur ein paar Schafe musterten sie mißtrauisch von ferne. Hier konnte man fast ganz Fugloy überblicken, Hatarvik lag für einen Augenblick in der Sonne, dann schloß sich die Wolkendecke wieder. Auf der anderen Seite der Insel sahen sie nur ein paar Dächer von Kirkja, Olafs Heimatdorf. Die Nachbarinsel Svinoy wurde von Regenwolken in Finsternis getaucht, während am Horizont Vidareidi in der Sonne lag. Der alte Mann stand da, paffend, und schaute. Er war klein gewachsen, jedoch neigte er sich trotz seines Alters nicht der Erde zu, deren Lockruf er schon tief in sich verspürte. Aus den Furchen seines zerbröckelten Gesichtes sproß es eisgrau, wie das abgestorbene Gras des letzten Jahres an den Flanken der Insel. Irgendwo in dem Gewirr steckte die schwarze Pfeife, deren Rauch der böige Wind verwehte.

Zögernd wandten sie sich ihrer Arbeit zu. Bedächtig grub Olaf Löcher und schlug die Pfähle ein, während Gudmund den Draht spannte und ihn an die Pfosten nagelte. Dabei war sein Mund nicht nur von seiner Pfeife markiert, sondern auch durch eine Reihe Nägel, die aus dem Dickicht igelten. Stumm arbeiteten sie; die einzigen Laute waren die hohlen Klänge des Hammers, die von den niedrigen Wolken aufgesogen wurden, und die beständigen Schreie der Vögel, die die Luft durchbohrten.

Langsam zog sich der Zaun, die Schafpfade durchschneidend, von der Spitze des Inselrückgrates über die wasserdurchtränkten Moos- und Grashänge bis zu der Abbruchkante, wo sich die Steilküste jäh dem Meer über hundert Meter entgegenstürzte. Der auffrischende Wind sang in den jungfräulichen Drähten, als die beiden Männer ihr Werkzeug weglegten und sich an die Kante der Steilküste setzten. Schweigend senkten sich die Wolken auf die beiden Gestalten, die nebeneinander saßen, und umwanden sie mit ihrer weißen Feuchtigkeit, bis sie sich gegenseitig nur noch als undeutliche Schemen wahrnehmen konnten. Lediglich ihre Füße spürten den Abgrund unter sich, den ihre Augen nicht mehr sahen.

Bedächtig troff die bärtige Stimme Gudmunds aus dem Nebel: »Ich liebe die Zeit des Zäunebauens, habe sie immer geliebt. Die feuchte Luft, die gleitenden Nebel . . .«

»Ich weiß«, drang es herüber.

»Ja sicher, du weißt«, nickte die alte Stimme, »du bist ja der Sohn Ulf Enzians. Jedes Jahr sind Ulf und ich hierher gekommen und haben die Zäune ausgebessert; selbst im Krieg, jedes Jahr. – Es ist schlimm, Olaf, wenn man einsam wird. – Nicht die Einsamkeit, wenn man allein ist, oder die Einsamkeit in der Menge; ich meine die Einsamkeit der versickernden Zeit. Alles verläuft um einen, schwindet. Nichts beibt mehr, nur die Erinnerung setzt sich neben dich.«

»Doch manches bleibt, die Zäune, die Insel und in gewisser Hinsicht auch die Menschen. Auch ich liebe die Zeit des Zaunbaus, ich, der Sohn deines Freundes. Ich bin ich, aber auch ein Stück von ihm.«

Weich glitten die Schwaden an ihnen vorbei und hinab, so daß Gudmund Lust verspürte, dem Sog der Wolken zu folgen. Mühsam zügelte er seine lockenden Gedanken, wissend um die Liebe zum Abgrund, die in jedem Färinger steckt.

»Warum lachst du, Gudmund?« fragte Olaf.

»Ich dachte an Ulf«, schmunzelte die Stimme. »Jedes Jahr saßen wir hier nach der Arbeit auf den Felsen, aßen, redeten, und vor allen Dingen tranken wir eine Flasche Schnaps, die dein Vater jedes Jahr für diese Gelegenheit durch den Zoll schmuggelte. Immer wenn wir zu den Zäunen aufbrachen, mit der Flasche im Gepäck, wanderten die Gedanken unserer Frauen in ihre Zungen und schimpften mit uns wie die Seeschwalben in der Luft über uns. –

Wer war Ulf, was war er? War er ein Weiser unter Narren oder der Hofnarr der Weisen? Während die Flasche zwischen uns kreiste, sprach er zu den Felsen, zum Meer und hin und wieder auch zu mir. – In einem Jahr dachte er über unsere Insel nach: Und so vollendete Gott am siebenten Tage seine Werke, die er machte, und ruhte am siebenten Tag von allen seinen Werken, die er gemacht hatte. Und Gott, der Herr, lehnte sich zurück, sich an der Welt erfreuend, nahm eine Handvoll Kirschen, deren Kerne er ins Meer spuckte, während die Schöpfung ihm ihren Jubel darbrachte. Die Welt, um ihrem Herrn Dank abzustatten, verankerte die Kerne auf sich und gebar im langsamen Werden unsere Inseln. So leben wir auf den Färöern, den Kirschkernen des siebenten Tages.«

»Meine Mutter wäre jetzt empört«, verlautete Olafs Stimme aus dem Nebel, »wenn sie diese Geschichte gehört hätte – und doch liebte sie ihn . . .«

»Ja, sie liebte ihn, mitsamt seinen Geschichten, selbst wenn sie das nie zugeben würde«, sagte Gudmund, dessen glimmender Pfeifenkopf für einen Augenblick sichtbar wurde. »Von Ulf habe ich auch die Liebe zu den Zäunen«, fuhr er fort. »Er sagte in einem Jahr, daß die jährliche Arbeit daran ihn des Auftrages gemahnte, sich das Land untertan zu machen, in einer guten und würdigen Weise. Zum anderen wurde er (und auch ich) daran erinnert, daß wir nur geduldet sind auf diesen Felsen und der Vergänglichkeit anheimgefallen sind, wie das faulende Holz der alten Zäune. Was bliebe – meinte er –, sei ein Loch in der Erde mit zerfallenen Holzfasern, die Erinnerung an uns in unseren Nachkommen.«

Schweigen nahm gelassen Platz zwischen den beiden Männern, bis Gudmund stöhnend aufstand, um wieder an die Arbeit zu gehen. Nach einer Stunde legte Olaf eine Pause ein, denn er spürte die Müdigkeit des alten Mannes. Gemächlich setzten sie sich hin, wobei Gudmund grinsend eine Flasche Schnaps zum Vorschein brachte.

»Ich dachte nach, warum man lebendige Bräuche mit ihren Begründern sterben lassen soll, aber mir fiel keine Begründung ein, außerdem würde Ulf sich freuen. Ich hoffe, du sagst meiner Frau nichts davon; dies ist das erste Jahr, in dem sie mich ohne eine Bemerkung zu den Zäunen ließ.«

Weihevoll hielt Gudmund die Flasche gegen die trübe Sonne, die man irgendwo hinter den hastenden Wolken erahnte. Nach einem kräftigen Schluck wurde die Gesichtsfarbe Olafs noch gesünder. Gudmunds beflügelte Stimme fragte: »Weißt du eigentlich, warum dein Vater zum Einkaufen immer über die Insel in unser Dorf ging? – Aber nein, das kannst du nicht wissen, das war vor deiner Zeit. Damals gehörte der Laden in eurem Dorf Skeggi, der im Jahre '37 in dem großen Sturm ertrank. – Jedenfalls, Skeggi war mit Leib und Seele ein Zeuge Jehovas und hatte die Angewohnheit, seiner Kundschaft Traktate zu der Ware in die Tüte zu legen. Ulf, als überzeugter Protestant im wahrsten Sinne des Wortes, verbat sich das lautstark, und das ganze Dorf freute sich über die hitzigen theologischen Streitgespräche, die jedesmal aufrauchten, wenn dein Vater einkaufen ging. Demonstrativ nahm er immer das Traktat aus seiner Tüte und warf es in den Abfalleimer, bevor er den Laden verließ. Eines Tages war er das ständige Sticheln Skeggis leid und schloß sich für zwei Tage im Bootsschuppen ein, worin er das alte Boot seines Vaters, deines Großvaters, reparierte, der damit früher Alkohol von den Orkneys geschmuggelt hatte. Die alten Leute im Dorf kannten das Boot noch und wußten auch, daß sein Name ›Jehova‹ gelautet hatte. Als Ulf dann mit den groben Arbeiten fertig war, ging er in Skeggis Laden und kaufte mit geheimnisvoller Miene einen großen Eimer mit roter Farbe. Am übernächsten Morgen sahen die Leute, als sie zu ihrem Tagewerk gingen, das alte Schmuggelschiff im Meer vor ihrem Dorf treiben. Den ganzen Tag blieb Ulf in der ›Jehova‹, deren Namen er unübersehbar aufs Heck gemalt hatte, gemächlich angelnd auf der Höhe von Skeggis Laden. Ich glaube, so voll wie an diesem Tag ist der Laden seit seinem Bestehen nicht gewesen, denn alle wollten Skeggis Gesicht sehen und hören, was er zu dieser leuchtend roten Herausforderung sagen würde. Jedoch, Skeggi sagte nichts, nur das Funkeln seiner Augen versengte die Blicke der allzu Neugierigen. Vierzehn Tage später präsentierte er Ulf die Rechnung für die Angelpartie. Der kam wie jeden Samstag, um seine zurückgelegte Zeitung zu holen. Als er sich dann zu Hause mit seiner Zeitung zurückgezogen hatte, eine Handlung, bei der ihn niemand zu stören wagte, stürmte er plötzlich zornentbrannt aus dem Haus in den Regen, die Tür hinter sich zuknallend. Ratlosigkeit herrschte im Haus, bis die geheimnisvolle Zeitung gefunden wurde. Auf der ersten Seite der Sonntagsbeilage sprang ihnen ein Artikel entgegen. ›Geschichte und Ziele der Zeugen Jehovas‹ von Skeggi Thordson, und als Drohung stand fettgedruckt unter dem Machwerk: ›Fortsetzung folgt‹. Drei Stunden später kam Ulf von einer Gewaltwanderung tropfnaß aber befriedet zurück. Er faltete die aufreizenden Blätter ordentlich zusammen und ging schweigend zu Bett, während deine Mutter händeringend um ihn herumflatterte, ihn beschwörend, nichts Unbedachtes zu tun. Am nächsten Morgen schritt Ulf zielstrebig nach dem Gottesdienst zu Skeggi. Das ganze Dorf beobachtete, wie die beiden heftig gestikulierend Richtung Anleger gingen, dort verschwanden sie hinter den Felsen. Nach einer halben Stunde kehrten sie zurück, und jeder von ihnen ging friedlich in sein Haus.

Ulf erzählte mir später, was sie dort beredet hätten; er hatte Skeggi gebeten, den Streit zu beenden, da sie sich zum einen beide lächerlich machten, zum anderen diene keiner von ihnen damit seiner Sache. Skeggi sah das ein, und daraufhin schlossen sie Frieden. Dieser beinhaltete, daß Skeggi nicht mehr in der Zeitung schrieb, dafür würde Ulf nicht mehr mit der ›Jehova‹ fahren. Zum Schluß meinte Ulf, da er ihrer beiden Temperamente kennen würde, würde er von nun an im Nachbardorf einkaufen, damit das Feuer zwischen ihnen nicht mehr aufflamme.

Dein Vater sagte, daß ihm das sehr gelegen gekommen wäre, denn zum einen hätte er bei mir immer ein Stündchen schwatzen und Kaffee trinken können, zum anderen hätte ihn der Weg über die Insel jedesmal von neuem an sein loses Mundwerk gemahnt.

Nach Skeggis Tod versenkte Ulf die ›Jehova‹ als eine Art privater Trauerfeier für einen Menschen, der trotz aller Unterschiede ihm sehr ähnlich gewesen war.«

Gudmunds umschattetes Schmunzeln ging in ein Altmännerhusten über, nachdem er noch einen Schluck aus der Flasche genommen hatte. Langsam krochen wieder Nebelschwaden heran, die Olaf umdrängten, wie die Vergangenheit, die unerbittlich Gudmund entströmte. Die beiden Männer verschwammen in der Kühle.

»Sprich nicht mehr von ihm, Gudmund«, brach es aus Olaf. »So vieles habe ich nicht gewußt, so vieles an ihm nicht gekannt. Dein Reden weckt meine schlummernde Trauer und gibt ihr neue Nahrung.«

Versunken spielte er mit dem Hammer zu seinen Füßen, als Gudmund plötzlich aufstand und die zu zwei Dritteln geleerte Flasche die Klippen hinabwarf. Stumm sann er dem fallenden Glitzern nach, bis es in den Strudeln am Fuße der Insel versank. Langsam begann er wieder den Draht an die Pfosten zu nageln, bis er innehielt und Olaf fragte, ob er schon einmal einen Wald gesehen hätte. Olaf stützte sich auf den Hammer und sagte, er habe noch nie die Insel verlassen.

»Auch ich«, bekannte Gudmund, »habe mich nie von unserer baumlosen Heimat entfernt. Nur Ulf war kurze Zeit während des großen Krieges auf dem Kontinent in Österreich. Er versuchte zu beschreiben wie ein Wald wäre, aber er fuchtelte nur hilflos mit den Armen. Wahre

Größe ist wohl nicht zu erklären, nicht in Worte zu fassen. Oft meinte ich zu sehen, wie sein abwesendes, träumendes Auge bewaldete Hänge auf unserer Insel erschuf, und wie sein sehnendes Ohr einem Rauschen nachsann, das nicht vom Meer stammte.

Es sei pietätlos und eine Blasphemie die zerfledderten Baumleichen, die wir als Pfähle teuer importieren, als Zaunwald auf unsere karge Insel zu pflanzen, meinte er. Jedes Jahr murmelte er nach getaner Arbeit etwas von den Zedern Libanons.«

Weiter zog sich der Zaun die kahlen Flanken der Insel entlang; stabile Pfosten von der Kraft des Lebens in die Erde gezwungen, verbunden mit festem Draht und verwoben mit Fäden der Erinnerung, die ihren Schatten in den Nebel warfen. Eine Lachmöwe setzte sich auf einen der helleuchtenden Zaunpfähle, ihn weihend mit ihrem ätzenden Dung. Lachend hob sie sich in den Wind und segelte mit einer weiten Kurve davon. Olaf folgte ihrem Flug mit den Augen, als Gudmund fortfuhr: »Ja, das Lachen war es, das Ulf solch eine Anziehungskraft verlieh. In den stürmischen Tagen, wenn die Möwen ihre Lachgirlanden in den Himmel hängten, schien er förmlich über die Insel zu tanzen, und auch sein fröhliches Lachen trieb wie kleine Sturmwirbel um die Ecken der Häuser.

Welch eine Freude, welch ein Lachen herrschte in den Tagen auf der Insel, als Ulf den Beinamen ›Enzian‹ bekam. Von seiner einzigen Reise auf den Kontinent brachte er sorgsam gehütet zwei Enzianpflanzen aus den Alpen mit. Vorsichtig pflanzte er sie in Blumentöpfe und war ständig um sie herum, um sie zu beobachten, so daß deine Mutter schon argwöhnisch wurde. Aber Ulf beruhigte sie, indem er ihr erzählte, daß diese beiden unscheinbaren Pflanzen wunderbar blühen würden. Eines Nachmittags saßen wir beide auf der Bank vor eurem Haus, als er mir anvertraute, daß er hoffte, später aus den Pflanzen Schnaps zu destillieren. Mit leuchtenden Augen sah er schon die Hänge des Landes mit blühendem Enzian überzogen.

Wäre deine Mutter nicht so eine überzeugte Antialkoholikerin gewesen, so wäre Ulf wahrscheinlich nicht auf so exotische Einfälle gekommen. Bei euch ging es so weit, daß in Anwesenheit der Kinder das Wort Alkohol nicht in den Mund genommen werden durfte, so daß er immer von seinem ›Lebenswasser‹ sprach, ohne das nichts wachsen und gedeihen könne.

Aber nicht nur von seinen Hoffnungen sprach er auf der Bank, sondern auch von seinen Sorgen. Der Enzian schien gar nicht zu wachsen; würde er das rauhe Klima der Insel vertragen? Doch dann schwamm er wieder in Erwartung und schien schon den Geschmack der erhofften Herrlichkeit auf der Zunge zu schmecken.

Dummerweise hatte deine Schwester Gudrun, die damals drei oder vier Jahre alt war, neben uns auf der Erde gespielt und alles gehört, wie wichtig Ulf der Enzian war und welche Sorgen er hatte. Nun, Gudrun liebte ihren Vater sehr und ging daraufhin unbemerkt ins Haus, sich die unscheinbaren Pflänzchen anzuschauen. Sie redete ihnen gut zu, daß sie besser wachsen sollten, jedoch es rührte sich nichts. Dann ging sie zur Jacke ihres Vaters, um die Flasche ›Lebenswasser‹ zu holen, von der er ja immer sagte, daß ohne es nichts leben und gedeihen könne, und ihre Mutter sei deshalb so klein gewachsen, weil sie kein ›Lebenswasser‹ trinken wolle. Hingebungsvoll goß sie den ganzen Inhalt auf die Enzianpflanzen, lief dann hinaus und berichtete uns, wie sie ihrem Vater geholfen hätte. Vom Donner gerührt saß Ulf da, aus den schönsten Träumen gerissen, und starrte den Horizont an. Dann sprang er auf und rannte ins Haus, doch es war zu spät. Geschlagen hockte er auf der Bank, in der einen Hand die leere Flasche, in der anderen einen Blumentopf. Laut klagte er sein Leid, bis deine Mutter endlich verstand, welche Bewandtnis es mit den geheimnisvollen Pflanzen gehabt hatte. Prustend setzte sie sich hin, versuchte ernst zu bleiben, aber es ging beim besten Willen nicht. Sie lachte, bis ihr alles wehtat, während Ulf dasaß und wie ein Märtyrer aussah. Nach einiger Zeit ging selbst ihm die Absurdität der Situation auf, und er stimmte, zuerst etwas säuerlich, doch dann aus ganzem Herzen ein. Feierlich legte er das welke Grün auf eine schwarze Decke, von brennenden Kerzen flankiert.

Es folgte ein großes Festmahl, dessen Ende eine Prozession war. Ulf trug an der Spitze die beiden Blumentöpfe, während sich die Familie in einer Reihe hinter ihn stellte. Gemessen schritt er in den Garten und begrub die Leichen seines Traumes zwischen dem Rhabarber. Markiert wurde die Stelle durch eine Inschrift: ›Hier ruht in Frieden Ulfs Enzian.‹«

Olaf grinste und Gudmund fuhr fort: »Selbst seine eigene Beerdigung wußte Ulf noch heiter zu gestalten, indem er darauf bestand, daß sein Grabstein die Inschrift: ›Hier ruht in Frieden Ulf Enzian‹, tragen solle. Dadurch wollte irgendwie nicht die rechte Trauer aufkommen, weil jeder an die andere Beerdigung vor zwanzig Jahren dachte.«

Die Arbeit war beendet, und die beiden Männer sammelten ihr Werkzeug ein. Auch der Nebel hatte sich verzogen, so daß für kurze Zeit Fugloy in der Sonne lag.

Gudmund der Alte meinte, daß ihm erst jetzt bewußt werde, was er, was sie alle an Ulf verloren hätten. Nicht nur ihn selbst, sondern jeder wäre etwas gestorben, denn Ulf hätte in jedem, mit dem er zusammenkam, Saiten entdeckt und zum Klingen gebracht, die nun für immer stumm blieben.

Schweigend sahen sie sich ihre Arbeit an, dann verabschiedeten sie sich voneinander. Olaf schaute zu, wie Gudmund, in Gedanken versunken, alt und zerbrechlich, hinter einer Felsnase verschwand. Einige Zeit später begannen die Seeschwalben zu schimpfen, und er wußte, daß Gudmund durch die Vogelkolonie ging. Jetzt mußte er sein Heimatdorf Hatarvik sehen können. Langsam wandte sich Olaf um und schritt zögernd nach Kirkja, die Vergangenheit hinter sich lassend. Eine Zeitlang war sein Gang unsicher, als ob er noch immer durch den Nebel ginge. Doch dann straffte sich sein Rücken, und er verschwand zielsicher hinter einer Biegung des Weges.

Einsam lag die kahle Höhe in der Sonne, nur der Wind sang noch in den Drähten des neuen Zaunes.

Weihnachten auf den Färöern

Stumm saßen die beiden auf dem Zaun, nachdem Björns Stimme verklungen war. Auf einmal umarmte Solveig Björn für einen Augenblick, dann aber sprang sie sofort vom Zaun herab.

»Danke für diese Geschichte, Björn. Sie allein bedeutet für mich schon ein Weihnachtsgeschenk, etwas Besonderes, etwas ... ich weiß nicht, was ich sagen soll.«

Auch Björn war herabgestiegen, und beide gingen auf Onkel Sigvats Haus zu.

»Sag nichts. Du brauchst nicht einige tiefsinnige Sätze über die Geschichte von dir zu geben. Es reicht, wenn sie gefiel, wenn sie dich unterhalten hat.«

Aus den einzelnen Tropfen, die schon seit geraumer Zeit fielen, wurde ein unangenehmer Regen, so daß sie schnell ins Haus gingen. Solveig fragte, ob er noch eine Tasse Tee wolle, bevor er zu Bett gehe. Da der Seemann zustimmte, saßen sie ein paar Minuten später, wie am Tage vorher, beisammen in der Küche. Beide drehten versonnen die heißen Tassen in der Hand oder rührten mit dem Löffel um.

»Weißt du«, sagte Solveig, »das war eine völlig andere Geschichte, als ich erwartet hatte. Ich dachte nicht, daß du von den Inseln erzählen würdest, ich dachte eher, daß du von deinen Reiseerlebnissen etwas zum besten geben würdest.«

»Sag das nicht«, unterbrach Björn, »ich mag das nicht ›etwas zum besten zu geben‹.«

Er setzte die Tasse ab, stand auf und trat zur Tür.

»Wenn du willst, kann ich dir morgen etwas von meinen

Reisen erzählen, etwas von Chile, wo ich vor einiger Zeit war, aber das wird eine Geschichte, nach der du mich sicherlich nicht umarmen wirst, denn ich wollte sie eigentlich nicht erzählen. Doch vielleicht ist es auch so gut. Entschuldige mich jetzt bitte, Feiern macht müde.« Ziemlich abrupt verließ er sie und verschwand, und auch Solveig trank nur noch ihre Tasse aus, um dann ebenfalls zu Bett zu gehen.

Der nächste Tag, Weihnachten, begann mit einem großen Festgottesdienst. Auch heute wurde, wie an der vorherigen Christvesper, viel gesungen. Die alten, bekannten Lieder, die in der alten färöischen Sprache gesungen wurden, füllten den Raum. Eigentlich gaben sie ja nur Töne von sich, aber das gemeinsame Tun verwandelte alles, machte sie zu einem gewaltigen Instrument, in das sie alle einflossen mit ihrem Singen, mit ihrem Leben, und jede noch so schmerzhafte Dissonanz bereicherte die Harmonie des Ganzen. Dann trat der Prediger hinter die Kanzel, eine ehrfurchtsgebietende Erscheinung, dessen dünne, hohe Stimme jedoch einen seltsamen Kontrast zu seiner Statur darstellte.

Er sprach über das Fest, über Weihnachten, über den Eintritt Gottes in diese Welt. Aber dann spannte er den Bogen weiter, um über den Gekreuzigten, über seinen Austritt aus der Welt zu reden. Es sei eine mächtige Klammer, bei der das eine ohne das andere nicht denkbar sei, aber doch versuche jeder, Teile davon auszublenden, um dem Ärgernis aus dem Weg zu gehen. Das sei jedoch nicht möglich, denn gerade das Ärgernis müsse man immer wieder neu entdecken, man müsse es immer wieder neu empfinden und ertragen. Der hilflose Säugling und der sterbende Mann seien eine Klammer, von der der

Mensch umschlossen werden müsse, und deren Anstößigkeit und Ärgernis keiner mutwillig zerbrechen dürfe, da er dann in Gefahr laufe, aus dieser zeitumspannenden Klammer herauszufallen . . .

An dieser Stelle blieben Björns Gedanken hängen, und er hörte nicht, was weiter gesagt wurde, bis er sich plötzlich dabei erwischte, daß er, wie er es als Kind getan hatte, mit dem Finger die schlichten Verzierungen der Bank vor ihm nachfuhr. Dann gab es ein Krippenspiel, das die Sonntagsschulkinder vorführten, wobei den Eltern der Stolz rot in die Gesichter fuhr.

Nach dem Gottesdienst strebte alles plaudernd nach Hause zu den festlich gedeckten Tischen. Bei der Familie Detlefsen war es Brauch, daß am Weihnachtstag die Männer das Essen kochten, als Geschenk an die Frauen, was jedesmal ein heiteres Unterfangen war.

Am Nachmittag traf sich die ganze Familie wieder im Haus von Björns Eltern; man trank Kaffee, aß Kuchen, unterhielt sich und erinnerte sich an früher. Die Kinder spielten auf dem Fußboden mit ihren Geschenken, während sich die Erwachsenen an den Tischen drängten und zwischen Lachen und besinnlichem Ernst dahintrieben im Wind einer gewaltigen Behaglichkeit. Löffel klingelten in den Tassen, Kinderstimmen krochen über den Teppich, um unter den Tischen hervorzusickern, und über den einzelnen Gesprächsgruppen lag ein großes, allgemeines Summen.

Björn dachte immer noch an das Erlebnis, das er am vorherigen Abend gehabt hatte. Es wollte ihm nicht aus dem Kopf gehen, deshalb hatte er schon den ganzen Tag versucht mit Onkel Sigvat zu sprechen, um sich desen Bemerkung erklären zu lassen, aber der Onkel schien immer in der ihm entgegengesetzten Ecke des Raumes zu sein. Nach und nach vergaß Björn sein Anliegen, denn er verstrickte sich in einige Gespräche, die sich wie unsichtbare Fäden über den Tischen spannten. Als eine etwas ruhigere Phase das lebhafte Treiben unterbrach, stand er auf und ging in die Küche, in die kurze Zeit vorher Solveig verschwunden war.

Leise öffnete er die Tür, trat ein und sperrte sofort wieder das Murmeln der Familie aus. Solveig stand am Spülbecken und ließ heißes Wasser hineinlaufen, wobei sie ruhig zur Tür blickte.

»Ich dachte mir, daß du kommen würdest«, sagte sie.

Björn lehnte sich mit dem Rücken an die Tür, einen Augenblick schweigend, dann fragte er, ob ihr schon einmal aufgefallen sei, daß ein Übermaß an Schönheit Schmerzen bereite, ebenso ein Übermaß an Frieden, Ruhe und Heimat. »Aber der Begriff Schönheit umfaßt alles. – Ich hatte mich so danach gesehnt, nach Hause zu kommen, doch jetzt tut es mir weh. Ich bin mittendrin und gleichzeitig von allem getrennt . . .«

»Ist es vielleicht die Angst zu verlieren oder das Wissen, daß du wieder wegfährst?«

»Ja, das könnte es sein«, stimmt Björn zu. Ich bin wie Odysseus, der sich nach seiner Heimat Ithaka sehnt, nur daß ich nie ankomme, weil ich nie wirklich fort war.«

Während sie weitersprachen, drehte Solveig den Wasserhahn zu und begann zu spülen.

»Es ist sonderbar, daß du Sehnsucht nach zu Hause gehabt hast. Ich wünsche mir seit Jahren schon einmal zu verreisen und sei es nur nach Kopenhagen. Sind wir denn nie zufrieden mit dem, was wir sind und wo wir sind?«

Björn, der abzutrocknen begonnen hatte, hielt inne: »Red nicht weiter, du nimmst ja vorweg, was ich dir in der Geschichte erzählen will. Es ist beileibe keine Weihnachtsgeschichte, es geht zwar auch jemand in eine Welt hinein und wieder hinaus, aber das eigentliche Thema, das ihr zugrunde liegt, ist die Sehnsucht.

Im vergangenen Jahr fuhren wir mit unserem Schiff die Westküste Südamerikas entlang, um zu unserem Zielhafen, San Francisco in den USA, zu kommen. Aber die Fahrt verlief nicht glatt; wir gerieten auf der Höhe der Juan-Fernandez-Insel in einen Sturm, den wir zwar glimpflich, allerdings mit einem Maschinenschaden, überstanden, so daß wir nur noch langsame Fahrt machen konnten. Uns blieb nichts anderes übrig, als den nächsten Hafen anzulaufen, um den Schaden beheben zu lassen. Die einzige größere Stadt in unserer Nähe war Valparaiso in Chile. Nach zwei endlosen Tagen erreichten wir den Hafen, in dem wir dann zwei Wochen festlagen. Das einzig Positive war, daß wir Landurlaub bekamen, den ich auch nutzte, um mir die Stadt und das Hinterland anzusehen. Aber je mehr neue Eindrücke ich sammelte, desto mehr stand das Bild der Färöer vor meinen Augen; so kam es, daß diese Geschichte entstand.

In den Tälern des Paradieses

Es war eines Morgens sehr früh in Valparaiso, ich schritt langsam durch die kalte Stunde. Die Nacht hatte ich nicht schlafen können, und so brachte ich meine verquälten Gedanken an die frische Luft und bummelte an den malerischen Hafenbecken der Stadt entlang. Schon seit frühester Jugend übten Häfen eine starke Faszination auf mich aus. Aber besonders denke ich jetzt, nach vielen Jahren, immer noch zurück an den Morgen in Valparaiso. Es war sehr kalt; auf den Trossen der Schiffe standen Tautropfen. Am gegenüberliegenden Kai dümpelte die große Menge der Fischerboote, die neben den anderen Schiffen wie eine Schulklasse wirkten, zumal auf ihnen schon Leben war, und die ersten Fischer ihre Netze ordneten. Aber in dieser Stunde war noch Schweigen im Hafen, die Kälte ließ selbst die Fischer verstummen. Ich schritt weiter an den festgezurrten Schiffen entlang, Küstenfrachter, die kleine Fähre und einige Überseecontainer. Ich besah mir die mächtigen metallenen Flanken, von denen die Farbe blätterte und an denen die Finger des Meeres rote Spuren hinterließen. Teerklumpen und Tauenden schwammen friedlich vereint mit Obstresten, Öl und anderem Abfall im Hafenbecken, sie ergaben das Aroma, das in jedem Hafen gleich und doch wieder anders ist.

Trotz der unangenehmen Kälte und trotz der Feuchtigkeit, die meine Kleidung in Besitz nahm, ließ ich mich am Kai nieder und baumelte mit den Beinen. Noch lagen übernächtigte Schatten auf der Wasseroberfläche und bildeten einen starken Kontrast zum milchigen Blau des

Himmels, das mit jeder Minute heller wurde. Es dauerte einige Zeit, bis meine Augen das Dunkel zu meinen Füßen durchdrangen. In der leichten Dünung, die bei Gezeitenwechsel auftrat, trieben hier im allgemeinen Unrat zwei Leichen. Mein Blick ruhte auf ihnen, ohne Erschrecken, ohne Trauer, eigentlich ohne irgendeine Regung. Zu dieser Zeit, an diesem Ort erschienen sie mir nicht unpassend, sondern sie rundeten das Bild ab, gaben ihm Vollkommenheit.

Der eine Leichnam war eine junge Frau. Ich schätzte sie auf zwanzig Jahre, aber das schwarze Kleid, das sie trug, ließ sie jünger erscheinen. Jetzt, da sie tot war, hatte die Kindheit sie eingeholt und gab ihr eine Würde, die ihr Leben wahrscheinlich nicht gekannt hatte. Die andere Leiche war ein Mann Ende fünfzig. Er trug Jeans und war tätowiert, was mich zu dem Schluß brachte, daß er ein Matrose gewesen war. Alles an ihm war hell, geradezu ausgebleicht, von seinen bloßen Füßen, über die Kleidung bis zum unrasierten Gesicht, das in viele Falten zerschmissen war. Diese Farblosigkeit und sein etwas angeknabberter Zustand ließen ahnen, daß er schon einige Zeit im Meer trieb. Während die Dünung die beiden langsam zueinander trieb, ruhte mein Blick auf ihnen und ich meinte, sie miteinander reden zu hören . . .

Alter Mann,
he, alter Mann, siehst du die Berge jenseits der Stadt?
Wie lange habe ich sie nicht mehr gesehen,
wie lange nicht zu ihnen aufgeblickt.
So schön sind sie,
daß ich weinen würde, wenn ich noch lebte.
In ihrem Schatten bin ich aufgewachsen;
dort bin ich Kind gewesen.

Im Rücken immer die Berge, die sich schützend um mich scharten.
Mein Vater war Bauer dort
in einem kleinen Dorf.
Du kannst es aber von hier nicht sehen, die Stadt hat sich davorgeschoben.
Ich sehe sie noch, die kleinen weißen Häuser,
die Plaza mit dem Brunnen und der alten Kirche,
die Schänke und die verschatteten Bäume, die einzigen in unserem Dorf.
Ich seh' die Stille der Siesta,
den Wirt, der vor seinem Lokal sitzt und schläft . . .
Jeden Morgen tritt mein Vater aus dem Haus, schaut lange hinab nach Valparaiso, zum Meer, doch dann wendet er sich den Bergen zu und betrachtet sie prüfend. Anschließend nickt er, dann geht er in den Stall und holt den Ochsen, spannt ihn vor den Pflug und trottet mit ihm zu den Feldern. –
Mein Vater war Spanier;
er hat nie erzählt, warum er sein Land verlassen hat.
Ich habe ihn nie gefragt. –
Meine Mutter war aus dem Dorf,
sie war immer da;
das ist eigentlich alles, was ich von ihr sagen kann.
Jeden Tag trat mein Vater aus dem Haus, schaute zum Meer und zu den Bergen, bevor er zur Arbeit ging. Pflügen, Säen und Ernten, das war unser Leben, unsere Zeiteinteilung.
Alter Mann, hast du schon einmal gepflügt,
das Metall durch die Erde gezogen und sie geteilt?
Als würde man Wasser zerteilen, so bildet die Erde hinter dem Pflug Wellen, die aber sofort erstarren.
Ich sehe mich und meine Geschwister, die um den Pflug

laufen, mit der Erde spielend, aus der wir unsere Kraft schöpften, während mein Vater schweigend seine Bahnen zog.
Selten redete er, und nur einmal traf ich ihn, ein fremdes Lied singend, auf dem Feld.
Als ich ihn fragte, was das für ein Lied sei, legte er schweigend seine Hand auf mich und ging mit mir nach Hause.
Würdest du, alter Mann, meinen Vater verstehen?
Ich glaub' es nicht,
doch eure Hände, eure Hände,
wenn sie sich schüttelten, würden sich als Brüder erkennen. Denn auch du hast Hände, die immer arbeiteten,
hart, knotig und verkrümmt.
Hände, die, wenn sie nicht mehr schaffen können, sterben.
Ich sehe, wie wir alle zur Ernte gingen,
wir Kinder sangen,
während unser Vater, seine Stummelpfeife rauchend, vor uns herschritt.
Raschelnder Mais, hohes Zuckerrohr,
doch am liebsten waren mir die Kartoffeln. Das waren die eigentlichen Früchte der Erde, die nicht nur ihre Kraft aus der Erde holten, sondern in der Erde wuchsen, die Erde waren.
Nach der Ernte das Fest,
wirklich »das« Fest.
Wir feierten zwar auch andere Feste, aber dieses war das eigentliche.
Tagsüber waren die Menschen in ihren kleinen weißen Häusern verschwunden,
verwoben mit ihren Familien.
Doch wenn sich die Sonne ins Meer senkte,

die Schatten ringsum sich die Hände reichten,
dann kam die Zeit, auf die wir alle warteten.
Die Stille wuchs
und fühlte sich an wie der weiche schwarze Stoff, den man nur in Trauerhäusern findet.
Nach und nach öffneten sich die Türen der Häuser und zeigten den Ausschnitt einer noch tieferen Dunkelheit. Die Menschen kamen hervor und schritten ruhig an den Häusern entlang zur Plaza, die leer im Mondlicht lag.
Immer mehr Menschen kamen und ließen sich im Schatten am Rande der Plaza nieder.
Das ganze Dorf war da, von den kleinsten Kindern bis zu den Alten.
Versunken saß jeder und wartete, bis alle da waren.
Mehr und mehr füllten sich die Schatten der Kirche, der Schenke und der anderen Häuser mit Menschen. Ein Fremder hätte über die Plaza gehen können ohne zu merken, daß keine Schatten, sondern Menschen dort waren, die das helle Rund umwanden. Der Boden, beschritten von Generationen, war fest wie Gebein und hatte im Mondschein auch diese Farbe.
Stille,
immer noch Stille,
ohne Spannung,
aus der Gewißheit des Kommenden heraus.
Schwarz ragten die Berge hinter uns auf, und die funkelnden Lichter Valparaisos mischten sich mit den Sternen am Horizont. Mit den einzelnen Sternen, die erschienen, erklangen vereinzelte Töne von Instrumenten, die gestimmt wurden.
Alter Mann, wenn du das hören könntest.
Die einsetzende Musik.

Jedes Jahr,
es war wie eine Geburt;
einer kleinen Flamme gleich flackerten die ersten Harmonien auf, gewannen an Sicherheit und entwickelten eine neue Melodie.
Eine neue Melodie, das Vergangene widerspiegelnd,
und ich sah die Alten nicken.
Andere Instrumente fielen ein, so daß die Musik an Macht gewann, während die Menge schwieg.
Die Musik war vielleicht nicht sehr gut, aber sie war wahr, und wahrhaftig waren die Spieler, ebenso wie die Hörer. Dies war unsere Musik, unser Rhythmus, der in uns hineinfloß,
lockend und drängend.
Die Spannung in uns wächst; alle warten,
bis sich endlich eine Figur aus dem Schatten löst, auf die Plaza tritt und anfängt zu tanzen.
Selbstvergessen dreht sich der Körper im nächtlichen Licht.
Fließende Klänge zu schwingenden Seelen.
Eine zweite Gestalt, angesteckt, beginnt zu tanzen, dann eine dritte und vierte, bis schließlich alles, das ganze Dorf, seine Freude, sein Glück tanzt. Selbst die Alten auf den Bänken wiegen sich, summen, und in ihren Beinen zuckt es.
Diesen einen Tanz tanzte jeder allein,
für sich,
stattete Dank ab.
Später am Abend wurden Feuer entzündet, gegessen, getrunken und immer wieder Tanz, Musik, Singen. Den Alten entwuchsen an den Feuern unzählige Erzählungen von ehedem. Sie holten zurück und verlebendigten die Zeit für uns.

Langsam, mit der Nacht, zerfloß die Gemeinschaft; man zog sich zurück in die Häuser.
Schlafen.
Nur noch die Berge blieben um die ersterbenden Feuer versammelt.
Der kommende Tag beschloß das Fest mit einer schweigenden Versammlung in unserer Kirche. Ich weiß nicht, was mich mehr anrührte, die Lebendigkeit des Tanzes oder das Dasein, die Anwesenheit in der Stille.
Meine kleine Kirche,
so häßlich sie auch war, war mir ein Zuhause, ich liebte die Versammlungen dort, aber auch die einsamen Stunden, und ich liebte Ihn.
Alter Mann, lachst du?
Du lachst nicht?
Warum lachst du nicht? Du solltest lachen . . .
Aber vielleicht hast du recht, ich lache ja auch nicht, kann nicht mehr . . .
Habe ich dir erzählt, alter Mann, daß mein Vater jeden Morgen nach Valparaiso schaute, sich dann aber den Bergen und seiner Arbeit zuwandte?
Auch ich schaute nach Valparaiso,
jeden Morgen,
jedoch wandte ich mich nicht ab.
Stundenlang konnte ich oft dort stehen, zur Stadt sehend.
Valparaiso –
allein der Name machte mich träumen. Man nannte doch eine Stadt nicht ohne Grund so.
Auch bei der Arbeit auf den Feldern suchte mein Auge die Stadt, sobald ich mich aufrichtete. Meine Geschwister bemerkten nichts an mir, sie waren zufrieden.
Zufriedenheit,
ich hätte sie haben können, doch ich wollte nicht.

Allein mein Vater wußte, so erschien es mir. Oft spürte ich seinen Blick über mich gleiten. An einem Morgen, ich stand vor der Tür und schaute, da trat er hinter mich und blickte ebenfalls hinab. Wir sprachen kein Wort; dann legte er seine Hand auf meine Schulter, doch als er spürte, wie meine Muskeln hart wurden, zog er seine Hand zurück.

Ich ging zur Kirche und sprach über die Stadt,
erzählte von meinen Wünschen, meinem Sehnen.
Doch ich lebte in einer Gottesfinsternis;
in mir und um mich war Schweigen.
Weißt du, wie das ist,
wenn etwas in dir anwächst,
das stärker ist als du? (Jedenfalls sagt man sich das.)
Immer wieder bricht man aus,
nur für kurze Zeit,
um etwas Freiheit zu sammeln,
um befriedet zu werden.
Ich lief weg,
stundenweise,
in die Berge,
in die Kirche.

Doch immer wenn ich zurückkam, richtete sich mein Blick nach kurzer Zeit wieder nach Valparaiso.

Ich dachte mir das Leben dort, wie unsere Feste, wie dieser eine Tanz, nur andauernd.

Alter Mann,

du denkst wahrscheinlich, ich hätte mich beengt gefühlt, wäre undankbar gewesen, ich hätte nicht schätzen können, was ich schon immer gehabt hatte.

Du irrst;
ich wußte.
Vielleicht war es die Vollkommenheit, die mich umtrieb.

Eine Vollkommenheit, die mir so umfassend erschien, daß ich nichts hatte, auf das ich hinleben konnte.
Alles war,
nichts wurde.
Was soll ich sagen, schließlich bin ich in die Stadt gegangen,
ohne zu fragen,
ohne daß es verboten worden wäre.
Ich schaute mich nicht um.
Ich hatte Angst.
Angst, daß die Berge mir folgten,
Angst, daß sie verschwunden wären
und schließlich Angst, daß sich gar nichts verändert hätte.
An den Häusern vorbeischreitend ohne zu schauen,
nichts nahm ich wahr,
schaute nicht rechts nicht links.
Ich ging immer weiter hinab durch die Stadt zum Hafen.
Vor mir das Meer;
jetzt war ich in Valparaiso.
Ich wandte mich der Stadt zu und beobachtete das geschäftige Treiben im Hafen, das Be- und Entladen der Schiffe, Straßenhändler, Garküchen, Hausfrauen in schwarzen Kleider und Kinder, die in diesem Getriebe spielten.
Durch die Straßen und Gassen, über Plätze,
Wasser aus einem Brunnen,
schließlich der Versuch, im Schatten eines Baumes zu ruhen.
Jeder, der ausbricht, der wegrennt oder Verbotenes tut, erwartet,
daß man ihm ansieht, wer er ist.
Doch nichts,
niemand schenkte mir Beachtung . . .

Ich weiß nicht mehr, was ich den ganzen Tag getan habe, wo ich überall gewesen bin. Ich weiß nur noch, daß ich gegen Abend hungrig und müde wieder in der Hafengegend war. Ich stand vor einem Haus, aus dem Gelächter und Musik mir entgegenschlugen. Durch ein Fenster sehend, blickte ich in eine Art Gewölbe, das angefüllt war mit Menschen,
mit Licht und Dunkelheit.
Irgend etwas zog mich in diese Taverne,
vielleicht die Musik, vielleicht der Hunger.
Ich aß und trank
und tanzte, –
ununterbrochen.
Alle Leute waren gebannt von meinem Tanz, dem Tanz der Berge und der Erde, zu der Musik der Stadt.
Diese Musik hier war anders als die von früher,
auch lockend und drängend,
aber von einer schleichenden Macht.
Ich gab mich ihr völlig hin, zutiefst . . .
glücklich? – Nein.
Erfüllt? – Auch nicht. –
Ich weiß nicht, was es war, alter Mann, aber es war tief in mir. Es war stärker als ich und verlangend.
Die Menschen waren fasziniert von mir und meinem Tanzen.
Alles war neu und unverbraucht.
Ich tanzte, wirbelnd, vergessend, die Zeit umschmeichelnd, die unerbittlich weiterschritt.
Einer schließlich nahm mich mit in ein Zimmer und . . .
und es hat mir Spaß gemacht.
So verdiente ich mir Geld in Valparaiso.
Ich hatte Macht über die Menschen, denn sie spürten, daß da etwas in mir war,

etwas Ursprüngliches,
etwas, wie es gewesen war.
Doch für mich war es verloren.
Ich diente mich hoch, von den Hafenkneipen bis in die höchsten Gesellschaftskreise, Menschen haben für mich ihr Leben ruiniert, ihr Vermögen verloren. Heiratsangebote hatte ich, doch ich schlug sie aus, vielleicht ein Rest Anstandsgefühl in mir.
Das, was die Menschen von mir sahen war glücklich.
Jedoch ich . . .
Alter Mann, die Verzweiflung ist noch so dicht bei mir, als würde ich leben.
In mir war ein schwarzer Raum, in dem ich gefangen war.
Aber ich war nicht allein.
Nichts sehen,
nichts hören
und doch fühlen, daß da etwas, daß da jemand bei einem ist.
Wenn wenigstens eine Anklage aus dem Dunkel gekommen wäre,
die ich hätte verwerfen können,
aber es herrschte unerbittliches Schweigen.
Nicht so wie früher in den Bergen,
dort war ich wirklich allein,
dort stand ich einsam da mit meinem Willen.
Jetzt *wollte* ich allein sein
und war es nicht.
Mein Selbstmord – eine Flucht.
Wäre ich verkommen, in die Gosse geraten, eine billige Hure geworden,
ich hätte gelebt,
weil es recht gewesen wäre.

Aber die Karriere, die ich machte, ließ mich haltlos
werden.
Verzweiflung umhüllte mich.
Alter Mann, in mir ist es wirr.
Ich habe Leiden gesucht und –
nicht gefunden.
Hätte ich zurückgekonnt, nach Hause?
Ich weiß es nicht.
Ich denke, ich wäre mir dort auf dem Weg begegnet,
so wie ich früher war, mir das Weitergehen verwehrend.
Mich sehen,
mich wirklich sehen, wäre wie ein Schwertstreich
gewesen.
Oder gab es eine Rückkehr alter Mann?
Aber ich will dich nicht langweilen, was interessiert dich
schon mein kurzes Leben.
Ich werde dir von der Stadt erzählen,
von Valparaiso.
Denn du mußt doch wissen, wie die Stadt ist,
was sie ist;
nicht nur die Kulisse meines Sterbens.
Siehst du, alter Mann,
wie sich die Stadt vom Meer her auftürmt und die Hügel
erklimmt?
Weiße Fassaden verschließen das Dunkel und die
nächtliche Kühle in sich.
Nachts kannst du die Dachgärten murmeln hören,
während es schwarz durch die Gassen fließt.
Grün schimmelt sich das Pflaster an den Wänden entlang,
während die Ratten, Himmel und Hölle spielend, von
Stein zu Stein hüpfen.
Jedoch die Häuser sind weiß,
weiß und schweigsam,

und nur selten hört man ein Stöhnen aus den Fensterläden,
die den Raum einschnüren,
wo Menschen sitzen,
stehen, starren,
liegen, leiden,
schwelgen.
Tagsüber leben sie, arbeiten sie,
nachts zerfleischen sie sich,
gegenseitig,
allein.
Wie die Geier hocken die beinernen Häuser da und verdauen den Tag.
Aus den Tavernen spritzt frenetisches Gelächter von Leuten, die erzwingen, glücklich zu sein.
Sie kauern hinter Tischen, raunen dem Alkohol, mit dem sie später die Straßen düngen, Geheimnisse zu.
Gedanken schlüpfen in ihre Hände und gebären Taten, für die sie sich später selbst verfluchen.
Valparaiso!
Morgens quellen sie aus ihren weißen Traumhöhlen,
das Geld zu beschaffen, um die nächste Nacht zu überstehen,
während ihnen die vergangene noch in den Augen klebt.
Das gesellschaftliche Gefüge hält sie aufrecht wie ein Korsett,
das die sinkende Sonne ihnen wieder entreißt und
sie der brünstigen Haltlosigkeit entgegenwirft.
Ich hatte das Licht von den Bergen noch an mir, als ich in die Stadt kam und wurde dadurch zur heimtückischen Waffe des Dunkels in der Stadt.
Das Leben kommt wie Ebbe und Flut,
saugt die Menschen in das Hafenviertel
und speit sie abends in ihre Häuser.

Brodelnde Betriebsamkeit;
die Löschmannschaften flackern die Kais entlang und bringen die Gerüche ferner Länder aus den gierigen Bäuchen der Schiffe, deren Schaukeln fette Schmatzlaute aus dem trüben Hafenbecken emporkriechen läßt.
Hafenagenten ködern Kapitäne mit Zigarren, um die Güter Valparaisos in alle Welt zu verschiffen.
Und überall Gewimmel von Menschen,
sich durch die Gassen würgende Massen,
deren rastlose Gedanken von den weißen Mauern abprallen.
In den festgefügten Mauern reift die nächste Generation heran.
Alte Vetteln schirmen Mädchen von der Welt ab und impfen ihnen hohnvolle Lüsternheit ein.
Greise verkünden jungen Männern unbeschränkte Macht, die sie draußen haben werden, während sie ihre Lebenskraft aus der Vorfreude ihrer abgrundtiefen Enttäuschung schöpfen.
Alter Mann, die Worte quälen sich aus mir heraus mit all ihrer klebrigen Finsternis.
Stopf dir Stille in die Ohren, und wende deine Augen von meiner Rede.
Valparaiso!
Doch die Menschen wissen nicht um sich,
sie wissen nicht um sich . . .
Viele suchen Rettung in den Kirchen;
sie schöpfen Frieden dort, um ihr Heim damit anzufüllen,
doch er verfliegt wie Nebel vor der Hitze ihrer Seelen.
Was man fürchtet zu verlieren, hat man nie besessen.
Gequälte Quälende,
furchtbare Stadt,
Valparaiso.

Wer hätte gedacht, daß der funkelnde Glanz des Diamants am Horizont das Farbspiel der Verwesung war.
Doch die sanften Hände des Hafenwassers streichen die Spuren des Schmerzes von meiner Stirn,
und die Wellen tanzen den Tanz der Plaza mit mir im Angesicht der Berge.

Nebelreise

Schweigen herrschte in der Küche, als Björn geendet hatte. Solveig stand still da, die Hände noch immer im heißen Wasser und blickte zum Fenster hinaus. Der Blick des Seemannes, der sich während der Erzählung auf ihren Rücken geheftet hatte, irrte auf einmal ziellos durch den Raum. Ein Schrecken hatte ihn angesprungen, wie ein fremdes Geräusch, das einen nachts aus dem Schlaf reißt. Seine Hand tastete über die Tür, an die er sich angelehnt hatte, dann fand er den Türknauf und betätigte ihn. Schlafwandlerisch, aber doch schnell, verließ er die Küche, um durch den Flur nach draußen zu gelangen; dabei hätte er beinahe Onkel Sigvat umgestoßen, der mit einem Tablett neben der Tür gestanden hatte, jedoch beachtete Björn ihn nicht weiter, denn er wollte nur hinaus.

Die frische Luft tat gut, sie tat so gut. – Die Kühle genießend, ja sie mit jeder Pore seines Körpers aufsaugend, ging er die Straße entlang. Was war nur geschehen? Er hatte die Geschichte nicht zum ersten Male erzählt; zum ersten Male zu Hause, ja, und auch zum ersten Male Solveig, doch insgesamt hatte er sie schon zwei- oder dreimal vorgetragen. Es war jedesmal gutgegangen, aber diesmal . . . Er hatte wie immer angefangen, hatte vom Hafen erzählt und von den Bergen. – Als er aber zu dem Fest in den Bergen kam, erzählte auf einmal nicht mehr er die Geschichte, sondern die Geschichte erzählte sich selbst. Es war ihm so vorgekommen, als habe jemand anderes durch ihn gesprochen, so daß er sich selber wie ein unbeteiligter Zuhörer empfunden hatte.

Die ersten Laternen gingen ins Klaksvik an, wurden jedoch von Björn nicht bemerkt, weil seine Gedanken um seine eigenen Probleme kreisten. Hätte er diese Geschichte besser nicht erzählt? Wer wollte schon solch eine Nachtgeschichte hören? Wirklich keine Gutenachtgeschichte, aber eine gute Nachtgeschichte! Bei diesem Wortspiel blieb er stehen, so äußerlich es auch war, es stimmte. Diese Nachtseiten des Menschen gab es, auch in ihm, ebenso in Solveig und in den anderen, und gerade deshalb mußte es erzählt werden. Björn drehte sich um, um zum Hause des Onkels zurückzukehren. Man mußte erkennen, daß man in den Tälern des Paradieses lebte, daß man unvermeidbar Valparaiso »war«. Der junge Mann ballte die Faust, er würde sich nicht mehr für seine Geschichten entschuldigen, sie hatten ein Recht, artikuliert zu werden, denn sie enthielten Wahrheit, und Wahrheit war in den seltensten Fällen gefällig, oder gar schön.

Leise pfeifend ging er bis vor die Tür des Hauses und klopfte, aber niemand öffnete, so daß er in seiner Tasche zu graben begann, bis er den Schlüssel gefunden hatte. Dann trat er in den kalten Flur, in dem seine Schritte leer widerhallten. Die Tür noch in der Hand rief er nach Solveig, dem Onkel und der Tante, jedoch niemand antwortete ihm, da sie noch bei seinen Eltern waren.

Björn betrat das Wohnzimmer, schaltete die Heizung an und legte eine Schallplatte auf. Klaviermusik tränkte den Raum, während er halb in einem Sessel lag und die Plattenhülle studierte. »There'll be no tomorrow« und »Bossa nova USA« gefielen ihm am besten. Einige Zeit später hörte er Schritte im Korridor, dann trat zögernd, als bedauere er seine eigene Gegenwart, Onkel Sigvat ins Zimmer, um sich ebenfalls in einen Sessel zu setzen. Schweigend hörten sie der Musik zu, bis Onkel Sigvat sagte, daß er gar nicht gewußt habe, daß er Dave Brubeck möge.

»Ja, es gefällt mir«, meinte Björn, »ich habe diese Musik allerdings vorher noch nie gehört.«

Eine Weile später setzte Sigvat erneut an: »Björn . . .«

»Ja?« erwiderte er fußwippend.

»Du erzählst Geschichten?«

»Ja.«

»Du erzählst sie Solveig?«

». . . ja.«

Für ein, zwei Minuten beherrschte die Musik wieder allein den Raum, bis Sigvat sich dazu durchgerungen hatte, die Einsilbigkeit des Seemannes neben ihm zu ignorieren: »Vorhin habe ich zufällig den Schluß deiner Erzählung mitangehört. Ich wollte in die Küche, aber du lehntest an der Tür, so daß ich sie nicht bewegen konnte. – Du sprachst von einer Stadt, deren Namen ich leider nicht verstanden habe.

»Valparaiso«, warf Björn ein.

»Genau, das war es. – Es hat mir gefallen, ich weiß nicht, warum, aber es hat mir gefallen. – Es klang unwirklich und doch beunruhigend.« Er machte eine kurze Pause. »Mir war so, als würde ich die Stadt kennen . . . irgendwoher kenne ich sie . . .«

Björn betrachtete ihn interessiert und überlegte, was er sagen sollte, als ihn seine kindlichen Augen wieder musterten.

»Björn, kann ich einmal eine ganze Geschichte hören?«

Mit etwas Zweifel in der Stimme antwortete er: »Ich weiß nicht, ich muß erst Solveig fragen, denn sie sind mein Weihnachtsgeschenk an sie.«

Sigvat fuhr zurück: »Ein Weihnachtsgeschenk? Weißt du, was du tust? Jedes Wort wird ein Stein in einer trennenden Mauer. Magst du auch noch so flüstern, du brüllst deine ganze Seele hinaus und begibst dich dadurch auf eine unerreichbare Distanz, weil jeder zurückschrekken wird. Du darfst nicht reden, du mußt leben!«

Verwirrt stammelte der Seemann: »Aber ich kann doch nicht ... ich kann nur reden, denken, fühlen ... nur leben nicht ...«

Onkel Sigvats Hände fuhren sich durchs Haar und Gesicht, um eine große Trauer darauf zurückzulassen.

»Was hast du gesagt? Ich glaube, ich bin für einen Moment eingeschlafen. Da siehst du, was das Älterwerden anrichtet. – Die Musik ist schön, nicht wahr? Aber ich glaube, da kommen meine Frau und Solveig.«

Mit diesen Worten verließ er den Raum, immer noch etwas aufgewühlt blickend. Einige Augenblicke später betrat Solveig das Wohnzimmer und setzte sich in den Sessel, den ihr Vater gerade verlassen hatte. Björn, sich daran erinnernd, daß er sich für nichts entschuldigen wollte und sich für nichts entschuldigen brauchte, schaute sie direkt an. Für einen Moment kreuzten sich ihre Blicke.

»Deine Worte haben mich berührt«, sagte sie mit einem Unterton, der an eine Anklage erinnerte. »Meine Sehnsucht ist trügerisch geworden.«

»Alles ist trügerisch«, murmelte Björn.

»Sag so etwas nicht, du weißt, daß das nicht stimmt!« Mürrisch strich er sich eine Haarsträhne aus der Stirn:

»Laß mich ... Manchmal habe ich so eine Stimmung ... ich weiß nicht, wie ich es beschreiben soll. Wenn ich allein bin, bin ich nervös und kann mich nicht konzentrieren, sobald ich aber in Gesellschaft bin, werde ich ruhig, habe aber dabei das fast unwiderstehliche Bedürfnis die Augen zu schließen und den Gesprächen zu folgen, wenn es nicht unhöflich wäre ...«

Solveig betrachtete sein Profil, das sie seit vielen Jahren kannte, an das sie sich jedoch nie erinnern konnte, wenn er nicht da war. Seine Stimme verband sich schon eher mit ihren Erinnerungen an ihn, mehr noch allerdings Sätze und Gesprächsfetzen.

»Schließ ruhig die Augen, mich stört es nicht.«

Für ein paar Minuten schwebten noch die Jazzklänge durch den Raum, dann war die Platte zu Ende. Die Stille, die jetzt einsetzte, empfand das Mädchen als lastend, so daß sie dagegen ankämpfte wie ein Taucher, der die Wasseroberfläche erreichen will.

»Björn, du sagtest vorhin, daß du dich auf die Kaimauer gesetzt hattest, als du die Leichen entdecktest, und daß du den Eindruck hattest, daß sie miteinander reden würden . . .«

»Ja«, erscholl es aus dem Sessel.

»Aber es sprach doch nur das Mädchen und nicht der Mann. Was sagt er? Es kann doch so nicht enden, so . . . so unbefriedigend.«

»Ist es denn nicht meistens so? Wir kennen nur die Geschehnisse und die Menschen, wir wissen nicht, wie es dazu kam, oder wohin es führt. Alles sind Ausschnitte, du, ich, das Leben, alles.«

»Ist es so? Ich weiß nicht und glaube es nicht. – Aber du weichst mir aus, was sagte der Mann?«

Geräuschvoll atmete der Seemann ein und aus, als hätte er eine Maschine in Gang bringen müssen.

»Ich weiß noch nicht, was er erzählte, Solveig. Es ist noch sehr undeutlich. – Sie sprach vom Leben und vom Sterben; er sprach vom Meer. Von Quellen, von Bächen und Flüssen, von Flauten und vom Sturm. Er schilderte die Bermudasee und das Eismeer, Menschen und Schiffe; Frachter, Überseedampfer, Segelschiffe, U-Boote, die

›Pequod‹ und die ›Patna‹, Treibholz und Wracks. Und er kannte den Tod – und was nach ihm kommt . . .«

»Weiter, Björn, weiter.«

»Nein, es geht nicht weiter, nicht heute, nicht in diesem Jahr . . .«

Plötzlich richtete er sich auf, öffnete die Augen und blickte sie an: »Was ist eigentlich mit deinem Vater los?«

»Wieso?« fragte das Mädchen.

»Er sagte vorhin so seltsame Dinge zu mir und wußte später nichts mehr davon, jedenfalls behauptete er das.«

»Ach, da darfst du dir keine Gedanken darüber machen, das kommt von den Feiertagen. Er muß so oft unter Menschen, daß er ganz verwirrt ist. – Du bist mir wieder ausgewichen, ich habe es wohl gemerkt.«

»Dann zwing mich halt nicht zu Dingen, die ich nicht will. Mach's wie ich, ich sondiere vorher, frage mich vorsichtig an das Ziel heran. Zum Beispiel so, ob du morgen Lust zu einem Ausflug hast?«

»Na, viel direkter geht's bald nicht mehr, aber ich habe Zeit. Wo soll es denn hingehen?«

»Um meine Antwort zu verkraften, brauchst du vorher ein paar Stunden Schlaf.«

»Björn!« drohte sie, »spann mich nicht auf die Folter.«

»Geduld tut dir not«, antwortete er mit erhobenem Finger und verließ den Raum.

Am nächsten Morgen um halb sechs, als noch alles dunkel war, klopfte Björn an Solveigs Tür, um sie zu wecken. Verschlafen fragte sie, was los sei, so daß er sie an den Ausflug erinnern mußte. Nach einem wortkargen Frühstück fuhren sie erst mit der Fähre, dann mit dem Bus nach Thorshavn. Etwas enttäuscht fragte das Mädchen, inzwischen wach, ob das ihr Ziel sei, aber der Seemann verneinte es zu ihrer Beruhigung.

»Ich mag diese Stadt ebensowenig wie du, aber sie läßt sich nicht vermeiden bei unserer Reise in den Nebel.«

»In den Nebel?« fragte sie, und er nickte.

»Komm mit zum Hafen, ich zeige dir unser Ziel.«

Sie liefen schnell an den kleinen Booten und Yachten vorbei, die unruhig an den Tauen zerrten, bis zu den Fähren. Die große Fähre nach Suduroy lag da mit aufgerissenem Maul, so daß man in ihr ausgeweidetes Inneres blicken konnte, das auf eine neue Schar Autos wartete. Hinter dieser großen Fähre lag eine sehr kleine mit dem Schild »Nolsoy« an der Seite.

»Das ist unser Ziel«, sagte Björn mit einem Tonfall, als wollte er ein Weltwunder präsentieren.

»Nolsoy? – Da ist doch nichts Besonderes und dafür jagst du mich so früh aus dem Bett.«

Er stellte sich vor sie, damit sie nicht zur Insel schauen konnte, legte seine Hände auf ihre Schultern und sagte:

»Ja, Nolsoy. Ich weiß, daß du schon ein paarmal da warst, ich ebenso, aber ich möchte dich bitten, die Augen zu schließen und dir vorzustellen, daß du sie noch nie gesehen hast.«

Gehorsam schloß sie die Augen. Jetzt trat er hinter sie, zögerte einen Augenblick, doch dann konnte er es sich nicht versagen und legte seine Hand auf ihre Augen. Vorsichtig drehte er ihren Kopf in die richtige Richtung, dann nahm er seine Hand herunter. Die kabbelige See war in einen grauen Morgen gebettet, mit Sprühregen und böigem Wind. Am Horizont lag ein dunkelgrauer Streifen auf der Wasseroberfläche, Nolsoy. Die obere Hälfte der Insel stak wie fast jeden Tag in den Wolken, so daß nur ein schmales Stück von ihr zu sehen war, das von den parallelen Linien der Wolkenuntergrenze und des Meeresspiegels gebildet wurde. Solveig drehte sich mit strahlendem Gesicht um: »Du hast recht, es ist das Land des Nebels – eine verwunschene Stätte.«

Eine halbe Stunde brauchte die Fähre, bis sie sich durch die unruhige See gepflügt hatte, dann war der kleine Hafen erreicht. Etwas verloren standen sie auf der Dorfstraße, bis der junge Mann mit einem Kopfnicken die Richtung angab: »Nach Süden, zum Leuchtturm.«

Als sie das Dorf hinter sich hatten, bat Solveig Björn vorne gehen zu dürfen.

»Laß mich bitte vor, ich möchte alles ganz neu erleben und kennenlernen, nicht dadurch, daß einer vor mir hergeht und den Weg angibt. Ich will den Weg suchen, als wäre ich der einzige Mensch, der je hier war.«

Still trat er beiseite, gab ihr den Weg frei. Seine Augen folgten ihrem lebhaften Schritt einige Momente, bis er sich aufraffte, ihr zu folgen.

So wanderten sie durch den stürmischen Tag, bis sie den Leuchtturm erreicht hatten, wo sie, erdrückt von der Gewalt des Sturmes, aufs Meer schauten. Als sie wieder in den Windschatten des Berges getaucht waren, bat Björn Solveig, sie möchte ihm von Nolsoy erzählen. Verwirrt blieb sie stehen, dann begriff sie und beschrieb, wie sie die Insel gesehen, gefühlt, gehört und erfahren hatte.

»Ja«, meinte Björn abschließend, »jetzt warst du auf Nolsoy.«

Durch das Reden hatten sie Zeit verloren, so daß sie sich jetzt beeilen mußten, um rechtzeitig bei der Fähre zu sein. Im Eilschritt liefen sie durch das Dorf zum Hafen, aber vom Schiff war weit und breit nichts zu sehen. Da es anscheinend länger dauern würde, schlug Solveig vor, daß sie im Dorfladen etwas zu essen besorgen würde.

Als sie nach einer Viertelstunde zurückkehrte, sah sie Björn bei zwei Männern stehen, einem alten hageren Insulaner und einem sehr rundlichen Touristen, von denen er sich kopfnickend verabschiedete und ihr dann entgegenging.

»Wegen des schlechten Wetters kommt die Fähre eine Stunde später, sagte mir der alte Mann. Komm, laß uns durch die paar Straßen gehen, bevor wir uns zu Tode frieren.«

Nachdem sie gegessen hatten, liefen sie im leergefegten Dorf mit Beharrlichkeit auf und ab. Niemand war zu sehen, nur ein junges Lamm war in einem Garten angepflockt und zupfte am nassen Gras.

Auf einmal zog er Solveig in einen Hauseingang, drückte sie auf die Steinstufe und setzte sich neben sie. Sie konnte sein in einer Kapuze verborgenes Gesicht nicht sehen, nur seine vom Regen glänzenden Finger spielten nervös mit seiner Hosennaht.

»Ich erzähle dir jetzt die Geschichte für den heutigen Tag. Das Herumlaufen bringt doch nichts, viel kälter kann es uns nicht mehr werden. Hast du die Männer im Hafen gesehen? ... Von ihnen werde ich dir erzählen ..., besonders von dem Alten ... Thorhall ... und vom Wind. Von seinem Streicheln und Zerren, von seinem Säuseln und Heulen, von seinem Geruch, seinem Geschmack, von seiner Kälte und Grausamkeit ... von den Stimmen des Windes ...«

Die Stimmen des Windes

Sein Name war Thorhall, und er liebte den Wind. Unlängst hatte er seinen neunundsiebzigsten Geburtstag gefeiert; die ganze Familie war von den umliegenden Inseln nach Nolsoy, einer der kleinsten Inseln der Färöer, gekommen, um ihn hochleben zu lassen, wobei er doch wußte, daß sie sich hinter seinem Rücken über ihn lustig machten. Wenn sie wenigstens gesagt hätten, daß er einen Spleen habe, denn um einen Spleen zu haben, mußte man jemand sein, aber es hieß nur, er würde kindisch.

Er wohnte jetzt auf Nolsoy bei seinen Töchtern Zephir und Mistral; eigentlich hießen sie Thurid und Gunnhild, aber er hatte sie von Kindesbeinen an nach den Winden benannt, mit dem Erfolg, daß alle sie Zephir und Mistral nannten, und daß sie selber ihre Namen haßten. Dieser Ärger ließ sie versauern, so daß sie sich in sich selbst verkrochen und nie heirateten, ein Zustand, der Thorhall hin und wieder ein schlechtes Gewissen verursachte. Allerdings ließen Zephir und Mistral ihre Enttäuschung, ja auch ihre Bitterkeit, an ihrem Vater aus, so daß sein schlechtes Gewissen meist schnell wieder verschwand. Die Atmosphäre in seinem Haus war oft so frostig und sauer, daß es den Namen »das Essigfaß« bekam. Thorhall lachte darüber, wenn jedoch in Anwesenheit von Zephir und Mistral dieser Name erwähnt wurde, konnte der Betreffende sicher sein, daß er die tödliche Spitze ihrer Zungen zu fühlen bekam.

Deshalb versuchte Thorhall, soweit es seine Gesundheit und das Wetter zuließen, draußen zu sein. Er streifte über die Insel, die meist im Nebel lag, reparierte die Steinmänner, die Wegweiser für Wanderer, wartete die Leuchtfeuer und sprach mit den Winden.

Er wußte nicht mehr, wann er damit angefangen hatte, eigentlich schon, so lange er sich erinnern konnte, aber das fiel ihm seit etlichen Jahren immer schwerer. Seit einiger Zeit war er sich auch nicht mehr sicher, ob er Selbstgespräche führte oder ob die Winde tatsächlich antworteten, aber er wollte es auch gar nicht so genau wissen. Oft hatten ihn Leute gesehen, wie er über die Insel stapfte, gestikulierend und redend, und Thorhall hörte auch, was man hinter seinem Rücken sprach. Jedoch, solange sie ihn zufrieden ließen, war es ihm egal, was die Leute und seine Töchter redeten, Hauptsache, er war glücklich.

Er war jetzt schon den ganzen Morgen unterwegs, schnell hatte er sein Frühstück verschlungen, während Mistral fragte, ob er schon wieder hinaus wolle. Zephir sekundierte mit der Bemerkung, daß es regnen werde, aber Thorhall setzte seine Mütze auf und verließ, ohne ein Wort zu erwidern, das Haus, den verwehenden Zorn der beiden hinter sich lassend. Die ganze Insel hatte er überquert und stand jetzt an der Südspitze Kapilsund; der Regen tropfte ihm von der Mütze ins Gesicht, während ein kleiner Provinzwind aus Sandoy um ihn herumspielte.

Ein Trauerzug trottet langsam vorwärts, schwarz gekleidete festliche Gesichter, verwehtes Singen, ein schulfreier Tag und ein toter Lehrer; sanft senkt sich das Wissen einer Generation in die Erde, auf daß es in den anderen zur Weisheit reife . . .

Doch dann wehte ihn ein kalter Atem an, und ein Grönlandwind verharrte in Thorhalls Nacken.

Leise grunzen die Robben im Schlaf, im Schatten der Hütten glitzert Glas, und die entseelten Leiber der Eskimos torkeln durch die Sonne, während langsam das blaue

Licht der Gletscher zur Küste kriecht. Verhallende Rufe eines sinkenden Kutters schwingen sich empor, in stürmischer Routine bersten die Planken.

Gefrorene Gischt splitterte in Thorhalls Ohren, an der die ertrinkenden Stimmen abglitten. »Halt!« schrie es in dem alten Mann, doch das Wimmern hielt an, dann nur noch gleißendes Schweigen im schmerzhaften Wehen des Windes. Wie hatte er nur so etwas Belangloses rufen können, was interessierten die Winde sein Mitgefühl, sie waren das Hier und das Jetzt, das sich ihm immer mehr entzog. Er spürte die sanfte Anwesenheit der Vergangenheit neben sich, aber er wollte sie nicht wahrhaben. Schwerfällig stapfte er zum Leuchtfeuer von Bordan, wobei er gierig die Gegenwart umklammert hielt. Erschöpft lehnte er an der gestreiften Mauer des Turmes; Trinidad wehte um ihm herum und Tobago.

Sanft rauschen die Wipfel der Kokospalmen und die Kaffeeplantagen, deren Ernte gerade geröstet wird – auf den Inseln unter dem Wind.

Langsam kämpfte Thorhall sich durch das Moor, im Nebel erahnte er die Spitze des Eggjarsklettur, an dessen Hang sich der Weg entlangpreßte. Schritt für Schritt, er kannte ja den Weg wie kein anderer, Schritt für Schritt; er ging jetzt schneller, dennoch sprangen ihn die Jahre wieder an.

Deutschland, wogende Wälder und grüne Täler; im stillen Winkel faulen die Träume, nachdem die Hoffnung zu Boden getrampelt wurde. Nichts hält zusammen, nur verwehte Fragmente . . .

Müde röchelte es von der Spitze des Berges. Thorhall eilte weiter, jetzt sah er die Häuser des Dorfes Nolsoy.

»Daß du auch noch nach Hause kommst . . .«, rief Mistral ihm entgegen. »Ganz durchnäßt bist du!« Halb gezogen, halb geschoben taumelte er ins Haus, und doch trotz all dieser Hektik spürte er noch einmal ein sanftes Zupfen Trinidads an seiner Jacke, dann schloß sich die Tür, und er hörte nurmehr ein leises Pfeifen. Zephir säuselte, daß sie für mindestens vier Wochen einen Pensionsgast haben würden, einen deutschen Professor, Georg Kölbing, der in Ruhe ein Buch schreiben wolle. Benommen nickte er, als auch schon Mistral fortfuhr, daß sie dem Gast sein Zimmer gegeben hätten, weil es das größte sei, und daß er solange auf den Dachboden ziehen solle. Verdrossen blickte ihn sein Essen vom Teller an, er wollte aufbegehren, aber er wußte nicht mehr genau wogegen, außerdem fühlte er sich müde. Sich langsam die Treppe hinaufschleppend spürte er, wie sich an jeder Stufe mehr Zeit an ihn klebte. Dann endlich saß er auf seinem Bett auf dem Dachboden, und der Wind pfiff durch die Ritzen.

Sibirien, Brüderchen, Sibirien – Wodka und Stiefelknallen. Der Schnee weht vor dir her, und die Kälte frißt sich durch dein Gesicht. Langsam setzte sich das Kettenfahrzeug in Bewegung, denn es ist noch weit bis zur nächsten Siedlung. Die erstarrten Fichten bleiben zurück; umfangen von der unendlichen weißen Ebene . . .

Ein Laut kletterte aus den unteren Räumen empor:

»Vater, bist du oben?« Thorhall überlegte einen Augenblick, war es Zephir, die Ältere, oder Mistral? Er wußte es nicht mehr.

»Ja, ich bin hier oben«, rief er zurück. Ein Fünfuhrwind aus England ließ das Dachfenster erbeben, bis der alte Mann sich anschickte, nach unten zu gehen. Vor Augen sah er dreißig Millionen Engländer ihre Teetassen erheben.

Am Tisch unten saß ein völlig fremder Mann; Thorhall

wollte schon fragen, als ihm einfiel, daß dies wahrscheinlich der Feriengast war. Sie wurden einander vorgestellt, dann setzten sie sich an den Tisch. Thorhall betrachtete die stämmige Figur des Professors, der verhangenen Blickes aus dem Fenster schaute. Leicht ergrauender Backenbart, Brille, gesunde Gesichtsfarbe und unscheinbare Kleidung, der Mann schien ganz sympathisch zu sein. Thorhall folgte dem Blick seines Gastes, der aus dem Fenster blickte und den Wind zu beobachten schien.

»Die Kokosernte auf Samoa ist bald beendet.« –

Der Professor blickte ihn erstaunt an, doch sofort begann Mistral stürmisch zu reden und fragte nach der Arbeit ihres Gastes. Verwirrt schaute der zu den Frauen, sich alle Mühe gebend, dem Wortschwall zu folgen. Thorhall erhob sich und meinte im Weggehen, er wolle zum Hafen, denn die Post müsse da sein. Der nachdenkliche Blick Professor Kölbings folgte dem alten Mann, bis er aus dem Blickfeld verschwand.

An der Anlegestelle standen einige Männer beisammen, von denen einer die Post verteilte. Für Thorhall war nur eine Rechnung da, die er sofort in die Vergessenheit seiner Hosentasche versenkte. Wie immer sprachen die Männer über den Fischfang und das Wetter. Ein Nordoststurm schien im Anzug zu sein, wenn er nicht zu stark wurde, konnte man ausfahren und den Fisch fangen, der von Norwegen herüberkam. Die Dämmerung durchtränkte langsam den sinkenden Nebel, der den Hafen verschluckte und über das Meer nach Thorshavn schlich. Über dem Nebel strich ein leichter Nordwind dahin und führte Thorhall nach Hause zurück.

Die Mücken sirren über Island, in der Ferne leuchtet das ewige Eis des Vatnajökul. Leise knackt das Eis, wenn das Schmelzwasser des Tages in der Dämmerung gefriert.

Insektenwolken schweben vor dem Sonnenuntergang wie ein Theatervorhang. Die ersten Lichter in den Küstensiedlungen glühen auf . . .

Thorhall erreichte das Haus und öffnete die Tür. Einen Augenblick lauschte er auf die Stimmen, die ihm entgegenschimmerten. Georg Kölbing erzählte, daß er sein Manuskript abgeschlossen habe, er wolle es lediglich in diesen Wochen überarbeiten und mit Anmerkungen versehen, aber dafür brauchte er die Ruhe, die er hier zu finden hoffe.

Vernehmlich schloß er die Tür, so daß Mistral sofort auf ihn zugerauscht kam und zu wissen begehrte, ob Post gekommen sei. Ganz in Gedanken angelte der alte Mann den zerknüllten Brief aus der Tasche. Verlegen hielt er ihn in der Hand, dann strich er ihn an der Wand glatt und gab ihn seiner Tochter, die damit in der Küche verschwand. Dann, schon wieder in Gedanken versunken, setzte er sich nieder und betrachtete die Tomatenpflanze, die auf dem Fensterbrett von der Sonne träumte. Leise begann er zu sprechen, wie zu sich selbst: »Einerseits ist es schön, daß es hier auf den Färöern keine Mücken gibt, aber andererseits . . . Hat nicht auch die Landplage ihre Majestät, ja sogar eine Schönheit?«

Der Professor schwieg, als Thorhall plötzlich aufblickte und dann aufstand.

»Wissen Sie, ich sah vorhin die Mückenschwärme in Islands Sonne tanzen.«

Nach einer kurzen Pause wünschte er seinem Gast eine gute Nacht.

Langsam stemmte er sich dem Dachboden und seinem Bett, dem nächtlichen weißen Grab, entgegen. Irgendwo im Haus sang Zephir; es war schon Ewigkeiten her, daß er sie hatte singen hören. Es war doch erstaunlich, was ein

Mann im Haus ausmachte. Endlich lag er, bereit zu versinken, nur noch Satzfetzen drangen von unten herauf. Mistral sprach mit dem Professor: »Er war Seemann ... die ganze Welt bereist ... unsere Mutter ist früh verstorben ... kindisches Alter ..., mit den Winden reden! ...«

Heimlich machten die Gedanken des alten Mannes die Leinen los und trieben verstohlen in dunkle Gewässer. Das letzte, was er hören konnte, war ein melancholisches Pfeifen durch die Ritzen neben seinem Kopfende.

Mitten in der Nacht wurde er wach, doch er wußte nicht, was los war. Angestrengt lauschend rann die Zeit an ihm vorbei, dann wußte er, was ihn geweckt hatte: die Stille. Es herrschte eine absolute Stille, kein Knacken im Holz, kein Laut der anderen Bewohner und vor allem kein einziger Luftzug. Windstille. Thorhall konnte sich nicht erinnern, dies je auf den Inseln erlebt zu haben. Unruhe griff nach ihm; was war los? Sollte er aufstehen und nach unten gehen? Nervös zerknüllten seine blaugeäderten Hände das Bettlaken, dann strichen sie es wieder glatt, um es wieder zu zerknüllen. Dann in das Schweigen hinein eine Ahnung eines Lautes, der langsam zur Gewißheit wurde.

Der Horizont atmet wieder. Das Gras biegt sich unter dem ruppigen Streicheln der unsichtbaren Finger, und das Wasser zwischen den Moospolstern beginnt zu zittern. Wolken streunen über dem Himmel, um sich nach kurzem Zögern auf die Inseln zu stürzen.

»Ich habe dich vermißt«, murmelte der alte Mann, während sich der Schatten eines Lächelns auf seine einschlafenden Mundwinkel stahl.

Schweigsames Frühstück; zum einen wollten sie den Sommergast nicht wecken, zum anderen hatten sie sich auch sonst nicht viel zu sagen. Zephir fragte Thorhall, ob er seine übliche Route gehe trotz des rauhen Wetters draußen, worauf dieser nur nickend in seinen Kaffee blies. Kurz darauf erschien der Professor, freudig begrüßt von Mistral und Zephir. Thorhall kamen seine Töchter vor wie eine Salatsoße, für ihn Essig, für den Gast Öl, aber er war ja in gewisser Weise selbst Schuld daran. Nach der zweiten Tasse Kaffee fragte der Professor, ob sie die Windstille in der Nacht bemerkt hätten, eine große Unruhe hätte sich seiner bemächtigt. Die Frauen hatten nichts wahrgenommen. Thorhall sagte nichts, er musterte jedoch sein Gegenüber scharf, dann murmelte er auf färöisch in seinen Kaffee: »Sei gegrüßt, Bruder!«

Der Professor starrte auf den Tisch, nach einer Weile sagte er: »Danke.«

Der alte Mann stellte sich auf seine brüchigen Knochen und meinte in um Entschuldigung bittenden Ton, er habe nicht gewußt, daß er auch Färöisch spreche. Ohne eine Entgegnung abzuwarten, verließ er das Haus.

Sofort war er umgeben von seiner Liebe, seiner Freude, dem Wind. Mal rannte er ihm verspielt voraus und blies die vereinzelten Schafe an, dann aber war er wieder bei ihm und trieb ihn stetig den Weg entlang zu den Leuchtfeuern, wo man die offene See sehen konnte. Die unendliche See und der Passat, der ihn nach vielen Jahren besuchen kam.

Mächtige graue Wogen kommen geflogen, deren Tiefe violett schimmert. Männer richten die Segel aus, die prall gefüllt das Schiff ziehen. Tümmler und Delphine, und in besonders glücklichen Stunden bricht der graue Rücken eines Wals heraus, stößt aus den unterseeischen Winden hervor, wirft sich der Luft entgegen. Kraft und Größe, wenn die Schwanzflosse die See peitscht, wenn sich die

Meeresströmungen mit den Winden vermischen. Dann eine Spur von Blasen, und der Traum der Schönheit ist versunken . . .

Als ich jung war, dachte der alte Mann, war der Wal noch zahlreich. Doch alles hüllt sich in Schatten und Vergessenheit. Wird der Ozean, wird der Wal überdauern können?

Alles kann gemordet werden, aber der Gedanke, den es ausdrückt, wird überdauern. So wird auch der Wal bestehen. Ist das nicht genug? . . .

Träumend setzte sich Thorhall, als ein warmer, lauer Wind den kräftigen verdrängte.

Westsamoa, durch die Apolimastraße zwischen Savaii und Upolu, an den Tongainseln vorbei zum Kermadec-Graben. Schwarz blickt das Wasser aus der Tiefe empor. Flache Wellen gleiten heran und ziehen sich wieder zurück, jedoch das Wissen um den Abgrund unter ihnen macht sie bedrohlich. Wie tröstend klingt hier eine menschliche Stimme, aber nichts und niemand ist da. Das Meer preßt sein Schweigen in einen jeden . . .

Thorhall eilte weiter dem Leuchtturm zu. Schnell schloß er die Tür hinter sich, Tränen schlichen über sein Gesicht, und es war ihm, als schnitte man mit einem Diamanten in seine Seele. Mit sich kämpfend stieg er die Treppe empor; hier fand er Beruhigung und Frieden beim Polieren des Spiegels. Ein Strahl, ein Licht, klar umgrenzt, ausgesandt in die verschwimmende Ferne, um den Weg zu weisen, um zu warnen vor Untiefen und reißenden Strömungen. Thorhall schaltete das Licht ein, still beobachtend wie der weiße Finger im Dickicht des Nebels verschwand.

Er dachte zurück an das Gespräch mit dem Pastor, den seine Töchter ihm auf den Hals geschickt hatten. Wie jetzt hatte er hier gestanden und zugesehen, wie die hagere Gestalt Pastor Grettirs auf den Turm zugeschwankt kam. Liebevoll zupfte der Wind an seinem schwarzen Mantel. Später saßen sie hier und blickten hinaus auf den Ozean, als der Pastor eröffnete, daß Zephir und Mistral ihn geschickt hätten, um mit ihm zu reden – über den Wind.

»Ich weiß, was sie gesagt haben«, sagte Thorhall. »Der Alte wird kindisch, ist nicht mehr zurechnungsfähig; er macht sich und uns lächerlich und so fort. Grettir, das wird mir tagtäglich eingetränkt, ›es ist nichts Neues unter der Sonne‹. – Ist es verboten zu lieben, und sei es den Wind? – Darf ich nicht am Leben teilnehmen, ich, der ich in meinem Alter an diesem Felsen geschmiedet bin? – Ich weiß nicht, ob der Wind zu mir redet, oder ob ich träume zu sehen, was meine Phantasie im Wind mir zeigt. – Vielleicht sind es nur Träume – nur Träume.«

Vorsichtig entgegnete Grettir: »Du zitierst den Prediger Salomo, aber du weißt sicherlich auch, was noch dort steht: ›Alles ist eitel und Haschen nach Wind.‹ Und was noch ausschlaggebender ist: ›Wer auf den Wind achtet, der sät nicht, und wer auf die Wolken sieht, der erntet nicht.‹«

»Pastor, willst du einem alten Mann das Träumen verbieten? Ich bin ein Fahrensmann, den die Gezeiten hier ans Land geworfen haben; ich bin nicht gebildet, ich habe keine besonderen Fähigkeiten, und das einzige Buch, das ich kenne, ist die Bibel. Was soll ich denn tun, um das hier zu überstehen, wenn nicht träumen und mit dem Wind reden?«

»Thorhall, du weißt, ich bin Pastor und habe eine gewisse Verantwortung für dich, auch wenn du das vielleicht bestreiten willst; jedenfalls glaubst du, daß du so unserem Herrn begegnen wirst? – Denk an Elia auf dem

Horeb; ein großer, starker Wind, der die Berge zerriß, kam zu Elia, aber der Herr war nicht in ihm.«

»Oh, Pastor, ich bin zwar nicht gebildet, aber meine Bibel kenne ich. Der Herr war nicht im Sturm, nicht im Erdbeben und nicht im Feuer, jedoch im stillen sanften Sausen war der Herr, und ist das kein Wind? Ich bin zwar beileibe kein Elia, aber vielleicht, wenn meine Zeit ausläuft, begegne auch ich dem Herrn in einem Wind.«

Schweigend saßen die Männer da – sich aus dem Zwielicht heraustastend und blickten dem Leuchtfeuer nach. Eine stumme Gemeinsamkeit breitete sich zwischen ihnen aus, die von ihren Gegensätzen gespeist wurde.

Langsam verschwamm die Szene vor den Augen des alten Mannes, dann sah er wieder die leere Leuchtturmstube vor sich. Plötzlich bemerkte er, daß er spät dran war und daß Zephir und Mistral wieder zornig sein würden, zumal ein Gast im Haus war. Eilig trat er aus dem Turm, als ihn auch schon das geliebte Brausen umfing. Ohne zu zögern folgte er dem Weg, aber selbst die Hast hinderte ihn nicht, von kubanischen Tabakplantagen und vom stürmischen mexikanischen Golf zu murmeln. In schlafwandlerischer Sicherheit das Moorgebiet durcheilend, sah Thorhall plötzlich eine weiße Gestalt ihm entgegenrennen. Es war Zephir, die auf ihn zustürmte. Kurz bevor sie ihn umgerannt hätte, blieb sie stehen, zögerte den Bruchteil einer Sekunde und umarmte ihn dann.

»Gott sei dank, du lebst!« stieß sie hervor. Wie vom Donner gerührt stand Thorhall da. Eine Woge von Gedanken und Gefühlen schwappte über ihm zusammen.

War doch noch etwas Liebe unter all der Bitterkeit seiner Töchter? Warum sollte er nicht mehr leben? Schön wie der Wind in ihrem Haar spielte, schön wieder einmal Jugend zu spüren . . .

Langsam löste er sich von der Fülle der Eindrücke und von Zephir. Behutsam schob er sie auf Armeslänge von sich: »Meine Zephir! – Was ist los?«

Die junge Frau brachte einen zerknüllten Zettel in ihrer Hand zum Vorschein, den sie unter dem Kissen des alten Mannes gefunden hatte. Thorhall nahm den Zettel und las ihn: »Du hebst mich auf und läßt mich auf dem Winde dahinfahren und vergehen im Sturm. Denn ich weiß, du wirst mich zum Tod gehen lassen, zum Haus, da alle Lebendigen zusammenkommen.«

Nach einer Weile sprach Thorhall: »Kind – du solltest diesen Zettel nicht finden – noch nicht . . . Es ist ein Zitat aus dem Buch Hiob und spricht von dem Tod, wie ich ihn mir wünsche . . . Doch noch ist die Zeit nicht da, das Warten nicht vorbei . . . noch nicht alles getan . . .«

Lockend strich der Wind um die beiden Gestalten, die dicht nebeneinander den Bergpfad entlanggingen. Der alte Mann sehend, Zephir weinend, jedoch ein Weinen, das viel Bitteres hinwegschwemmte. So verschwanden sie im Nebel.

Nur noch der Wind wehte über Nolsoy, flüsternd von den Fjorden Norwegens und vom arktischen Packeis, das sich knisternd auf die Fahrt nach Süden machte.

Eine Bergbesteigung

Nach einer kurzen Pause, in der sich Björn nicht bewegt hatte, meinte er: »Jetzt kennst du ein anderes Nolsoy als deines.« Ohne darauf zu achten, ob sie bewegt war oder etwas sagen wollte, stand er auf, ging die paar Meter zur Straße und drehte sich ihr dann wieder zu.

»Komm, wir müssen los, die Fähre kommt.«

Solveig stand auf und schüttelte sich kurz vor Kälte, dann trat sie neben ihn.

»Willst du etwas sagen, du siehst so aus«, warf er ihr entgegen.

»Ich möchte etwas sagen, aber ich weiß nicht, was und selbst wenn, wüßte ich nicht, ob ich es in Worte kleiden könnte.«

Er hielt ihr die Hand hin, die sie gedankenlos ergriff, dann beeilten sie sich, den Hafen zu erreichen. Kurz bevor sie dort ankamen, blieb Solveig plötzlich wie angewurzelt stehen, so daß sich ihre Hände ruckartig lösten.

»Schau, da vorne, die beiden Männer. – Sind sie das? Ist das Thorhall mit seinem Gast?«

Björn, der schon weitergegangen war, kehrte um und blickte jetzt ebenfalls zurück zum Dorf.

»Es ist diesig und schwer zu erkennen, aber ich glaube, sie sind es.«

»Sieh nur, jetzt sind sie stehengeblieben. Björn, sie drehen sich um. – Der Alte winkt uns! Laß uns zu ihm gehen, ich möchte mit ihm sprechen, ihn kennenlernen, zumindest seine Hand schütteln.«

»Wir haben keine Zeit, das Schiff«, sagte er zu ihrem Hinterkopf und zog sie ein Stück in Richtung des Anlegers. Erregt ergriff sie auch seine andere Hand.

»Es fährt doch auch später eine Fähre, die wir nehmen könnten.«

»Nein, wir nehmen diese. Es hat keinen Sinn, mit ihm zu reden. Was ich erzählte, ist nicht Realität, du kannst nicht am Leben eines anderen teilnehmen, wie in der Geschichte. Dein Leben mag vielleicht eine Strecke lang parallel zum Leben eines anderen verlaufen, du nimmst aber nicht daran teil. – Du lebst dein eigenes Leben, immer nur dein eigenes, und das ist schwer genug.«

Seine Stimme klang angespannt, fast als würde sie brechen, aber er schöpfte noch einmal Luft: »Sprich nicht mit ihm, das zerstört dir nur etwas, und euch beiden wäre es peinlich.«

Solveig blieb immer noch still stehen, so daß der Seemann sie schubste, bis sie sich stolpernd in Bewegung setzte. Die Kraft des Sturmes hatte in den vergangenen Stunden nicht nachgelassen, die Wellen besprangen wild die Betonmole, und der Wind heulte über die offene See.

Die Überfahrt war unruhig, aber den beiden war es egal, sie saßen im Aufenthaltsraum und genossen die Wärme, die in sie hineinsickerte. Die Stimmung im Schiff war gedrückt, da die meisten Passagiere und selbst einige der Einheimischen mit ihrer Übelkeit rangen. Als die schlimmste Kälte verschwunden war, fragte Solveig, ob er Thorhall schon von früher kenne, was Björn aber verneinte. Wie zu sich selbst murmelte sie: »Du sprachst doch nur eine Viertelstunde mit ihm . . .« Ihre Hände, die auf der Tischkante ruhten, griffen auf einmal fest zu und wurden weiß.

»Björn, war es die Wahrheit, die du mir erzählt hast?«

Der junge Mann schaute zum Fenster hinaus, blickte auf die Gischtspritzer, die die Scheibe hinabrannen und schien nicht gehört zu haben, so daß Solveig ihre Frage in noch dringenderem Tonfall wiederholte. Ohne sich ihr zuzuwenden sprach er mit seltsam leerer Stimme: »Könnte es nicht die Wahrheit sein? . . . Schau die Wahrheit an: das Schiff, Taue, Maschinen, Menschen, Meer, Salzwasser, das auf Metall zu Rost gerinnt, dreckige Scheiben, der Gestank von Erbrochenem, leere Blicke, Bewegung, Schwanken und darin lethargisches Liegen. Dann du, enttäuscht, daß etwas Schönes nur ein Traum war; ich, der ich Worte fange in einem Netz, das ich auf mein Land ziehe, sie rette aus dem Sturm . . .«

Seine Stimme versiegte, dann, nach einer langen Pause, in der man nur das Dröhnen des Schiffes hörte, wiederholte er seine Frage, wie sie die ihre vorher wiederholt hatte: »Könnte es nicht die Wahrheit sein? – Ist Wahrheit das, was da ist, oder das, was auch da sein sollte? – Du kennst meine Wahl.«

Sie beendeten die Fahrt wortlos. In Thorshavn mußten sie kurze Zeit warten, bis der Bus nach Klaksvik eintraf. Björn stieg ein, drängte sich durch den Gang und setzte sich auf die Rückbank, während Solveig vorne Platz nahm. Als der Bus bei der Fähre nach Klaksvik hielt, stiegen beide aus und gingen zur Reling.

»Bist du mir böse?« fragte er.

Solveig schüttelte den Kopf.

»Laß uns auf die Brücke zu Halfdan gehen, wir waren schon heute morgen nicht bei ihm, sonst denkt er noch, daß wir etwas gegen ihn haben.«

Halfdan stand breitbeinig neben dem Bruder, die eine Hand in die Seite gestemmt, die andere ein Fernglas haltend. Als sie ihn begrüßten, wandte er ihnen sein rotes Gesicht zu, das eine Rasur hätte vertragen können, und sagte: »Na ihr? Einen Augenblick, gleich können wir reden. Ich habe noch etwas zu tun.«

Etwas später trat er zu ihnen: »Wie geht's Brüderchen Scheherezade? Droht Solveig auch damit, dich zu töten, wenn dein Garn nicht gefällt?«

Björn stöhnte auf: »Wir sind also mal wieder Familiengespräch! Ich habe oft den Eindruck, wenn es mich nicht gäbe, wüßtet ihr nicht, worüber ihr euch unterhalten solltet. Solveig, hast du ihnen das erzählt?«

Solveig wies es mit beiden Händen von sich.

»Vielleicht wollte gestern nicht nur dein Vater in die Küche, sondern auch noch jemand anderes; denn Onkel Sigvat hat bestimmt nicht darüber geredet.«

»Was stört dich daran, daß die anderen davon wissen?« fragte Halfdan.

»Ich weiß es nicht, ich fühle mich immer in eine Position gedrängt, in der ich mich und mein Tun verteidigen muß. Einerseits habe ich den Wunsch, mich mitzuteilen, andererseits scheue ich davor zurück, denen, die mich nicht verstanden haben, den Wunsch zu erfüllen, alles zu erklären. Sie wollen hören, daß dies dies ist und das das; sie dulden nicht das Schillern der Vielfalt, des Mehrdeutigen, sie wollen nicht den Reiz und die Lockung des Fremden und der Unsicherheit.«

Halfdan hatte, abgelenkt durch berufliche Verrichtungen, seinem Bruder nicht zugehört und legte jetzt seinen Arm um Solveigs Schultern, drückte sie an sich und fragte sie, ob sein kleiner Bruder ihr denn etwas zum Lachen erzählt habe, oder wenigstens etwas wirklich Spannendes. Bevor sie antworten konnte, sagte Björn: »Du kennst mich von klein auf, du weißt, daß ich, selbst wenn ich wollte, es nicht könnte. Vielleicht erzähle ich euch allen eine Geschichte, die bewirkt, daß endlich eure Bemerkungen für immer zum Schweigen gebracht werden.«

Mit seinen letzten Worten hatte er das Gespräch abgetötet, und sie schwiegen verbissen, bis das Schiff anlegte. Bevor sie die Kajüte verließen, sprach Björn Halfdan noch einmal an »Halfdan, verzeih mir, du auch, Solveig, ich wollte euch nicht verletzen. Ich weiß, daß ich zu empfindlich bin, aber . . . Nein, es gibt kein aber.«

Halfdan grunzte freundlich und klopfte ihm auf die Schultern, dann wurde das Fallreep an das Deck angelegt.

Die Dämmerung hatte schon eingesetzt, als sie Seite an Seite still nach Hause gingen. Sie sprachen nicht miteinander, jedoch hatte das Schweigen einen anderen Charakter als vorhin auf dem Schiff, denn beide bemühten sich ihre Gedanken und Gefühle zu sammeln. Man konnte schon das Haus von Onkel Sigvat und Tante Maria sehen, als Björn fragte, ob Solveig etwas dagegen hätte, wenn ihr Vater morgen die Geschichte mit anhöre.

»Will er das denn?« fragte sie erstaunt. »Er ist doch sonst so menschenscheu, besonders nach größeren Festen. – Aber von mir aus, wenn er will, soll er kommen. – Wird sich die Geschichte dadurch ändern, daß ein Dritter zuhört?«

»Ich habe keine Ahnung, Konzessionen werde ich jedenfalls nicht machen, bis ich zum Beispiel etwas beschönige. Allerdings weiß ich bis jetzt nicht, was ich dir morgen berichten werde.«

Spät am Abend saß er auf der Bettkante in seinem Zimmer, das nur mühsam vom gelben Licht seiner Nachttischlampe erhellt wurde. Er hatte sein Gesicht auf die Hände gestützt und starrte vor sich hin, träumte. Auf einmal knackte eine Diele, so daß sein Auge aufgescheucht herumhuschte. Seufzend beugte er sich vor, um seine Schuhe auszuziehen, dann aber setzte er sich wie vorher hin. Was sollte er morgen erzählen? Ein leises Surren unterbrach seine kreisenden Gedanken, die keinen Ausweg fanden. Müde wandte er sich der Lampe zu, schüttelte sie halbherzig, die daraufhin nach kurzem Flackern tatsächlich wieder ihre Helligkeit verstrahlte. Seine Hand glitt von der Lampe zur Bibel, die neben ihm auf dem Nachttisch lag. Mit müßigen Fingern zog er das alte Buch zu sich heran, blätterte darin, las hier und da, doch dann war er auf einmal von etwas gefesselt. Seine Fingerspitze fuhr leicht zuckend über die Zeilen, die sein Mund sonderbar verändert halblaut sprach:

»Kannst du den Lindwurm an einen Haken ziehen,
seine Zunge mit einem Strick fassen?
Kannst du ihm Angeln in die Nase legen,
mit einem Stachel ihm die Backen durchbohren?
Meinst du, er werde dir viel Flehens machen,
dir huldigen gar?
Meinst du, daß er mit einem Bund sich dir
verbünde,
daß du ihn knechten kannst für immer?
Kannst spielen du mit ihm gleich einem Vogel,
ihn binden für dein Mädchen?
Legst du die Hand an ihn,so gedenke des Kampfes,
den du nicht wagen noch gewinnen wirst.
Siehe, deine Hoffnung, ein Trugbild nur.
Wer seiner ansichtig wird, fällt zu Boden.
Wer ist da, der vor ihm bestehen könnte?
Wer trat je ihm entgegen und blieb heil?
Sein ist alles, was unter den Himmeln ist.
Wer kann seine Kinnbacken klaffen machen?
Schrecken umlagert seine Zähne,
Fackeln fahren aus seinem Maul,
feurige Funken schießen hervor.
Lichte Lohe ist sein Atem,
Flammen entfliehen seinen Lippen.

Auf seinem Nacken lagert die Stärke,
vor ihm her springt auf der Schrecken.
Wenn er sich erhebt,
packt Entsetzen die Fluten,
Meereswellen weichen,
Gnade ist nirgends,
steinern verharrt sein Herz.
Wenn jemand zu ihm will,
mit Schwert, Lanze, Geschoß und Panzer,
nichts nützt es.
Nichts gleich ist ihm auf Erden,
er ist gemacht ohne Furcht zu sein.
Er achtet nichts, was Hoheit hat;
es ist der Stolzheit König . . .«

Das Buch fiel aus seiner Hand, während die Worte in ihm betäubend nachklangen. Tastend strichen seine Hände über das Bett, seine Füße suchten Halt auf dem rohen Kokosläufer. Der Raum schnürte sich zusammen, enger und enger werdend, als verschwänden die Kanten der Wände unsichtbar in den Ecken des Zimmers. An welche Macht hatte er nur gerührt? Unsicher, ja ängstlich, entkleidete er sich und ging zu Bett. Es dauerte jedoch einige Zeit, bis er sich dazu aufgerafft hatte, das Licht zu löschen. Unaufhaltsam kroch die Finsternis über das Fußende, um dann an ihm hochzudämmern, über die Füße zu den Knien. Sie bedeckte seine Hände, seine Brust und stieg bis zum Hals. Jetzt schloß er die Augen. Seine Hände bewegten sich aufeinander zu, als führten sie ein Eigenleben, fanden sich in der Schwärze, verschränkten und verzahnten sich ineinander, wie auch sein Geist in einen anderen eindrang und von ihm durchströmt wurde. So überstand er die Nacht und einen Kampf, den er nicht gesucht hatte.

Am nächsten Morgen war Sigvat schon in der Küche, als Björn zum Frühstück erschien. Erwartungsvoll blickte er ihm entgegen, so daß der junge Mann ihn mit müden Augen anlächelte, nickte und sagte, daß er die heutige Geschichte hören könne, wenn er bereit sei, mit ihnen auf den Vagur zu steigen. Der Onkel nickte fröhlich in seinem Kaffee rührend, während seine Frau den Kopf schüttelte.

»Da willst du altes Haus auf einen Berg klettern, um Märchen zu hören oder eine Saga. Ich kann es nicht fassen; sonst klagst du immer über deinen Rücken.« Energisch klapperte sie mit dem Geschirr. »Daß die Kinder sich Geschichten erzählen, finde ich schon sonderbar, aber du? Werd' mir nur nicht senil, Sigvat!«

Dieser aber scherte sich nicht um das Geschwätz seiner Frau, sondern grinste Björn zu, der hinter der erhitzten Tante stand.

»Da grinst er auch noch! Womit habe ich das verdient! Björn, sag du mir das.«

Die Hände in die Seiten gestemmt, hatte sie sich herumgedreht, aber ihr Neffe zuckte nur mit den Schultern. Nach dem Essen packten sie Proviant zusammen und machten sich auf den Weg.

Ziemlich schnell hatten sie die Landenge durchquert, auf der Teile des Ortes errichtet waren. Auf der anderen Seite der Stadt konnten sie zu Beginn noch die Straßen nutzen, die am Hang nach oben führten. Diese endeten aber mit den letzten Häusern und verloren sich in den steilen, moosigen Hängen. Bis hierher waren sie noch alle drei nebeneinander gegangen, jetzt aber meinte Sigvat, daß sie sich nicht nach seinem Tempo richten sollten; er käme schon hinterher, vielleicht nicht so schnell wie sie, aber die Spitze des Berges würde er allemal noch erreichen. Nach einer Weile war er allein, weit entfernt nur noch sah er Solveig und Björn vor sich. Die Luft tat gut, ebenso die Bewegung, selbst der Schmerz der ungewohnten Belastung freute ihn. Meter für Meter bewältigte er den grünen Hang, der sich ihm steil entgegenkippte, immer wieder innehaltend, um den Fjord, die Stadt und die ziehenden Wolken zu betrachten. Jetzt hatte er zwei Drittel des Weges bewältigt und stand auf dem Grat des Berges, dem er nur noch bis zur Spitze folgen mußte. Wenn er zurückschaute, sah er links auf der Landenge Klaksvik bunt hingewürfelt, rechts auf der anderen Bergseite jenseits eines schmalen Fjordes die Nachbarinsel Eysturoy. Langsam stieg er wieder ein paar Meter, um dann noch einmal zu halten, tief unter sich sah er den Spielzeugdamm, der Bordoy mit Kunoy verband. Jedoch hielt er nicht nur, um die Gegend zu bewundern, sondern um sich auch über einiges klar zu werden, das ihn beunruhigte. Er wollte Björns Geschichte, seine Saga, oder was immer er von sich geben würde hören, weil es ihn als solches interessierte, aber er war aus noch anderen Gründen hier heraufgestiegen. Sehr wohl wußte er, was er gestern in einem intuitiven Moment seinem Neffen gesagt hatte, denn er machte sich Sorgen um ihn. Schon am ersten Abend bei der Feier hatte er seinen fernen, abwesenden Blick gesehen, seine durchsichtigen Hände, daß er auf Stimmen zu lauschen schien, jenseits der allgemeinen Unterhaltung. Irgend etwas zehrte ihn aus, als wäre er ein Motor mit Ölmangel, der Gefahr liefe trockenzulaufen, sich festzufressen. Ein Feuer, dem die Nahrung fehlte und das zu verlöschen drohte. Deshalb hatte er den Schuß ins Dunkle getan, vom Leben geredet, und er glaubte auf der richtigen Spur zu sein, seiner Reaktion nach.

Sigvat kletterte weiter und drang langsam aber stetig in die Wolken ein, deren unterste Schichten er erreicht hatte. Und Solveig, überlegte er, war sie ein Ventil für Björn oder mehr? Er wußte es nicht. Ebenso hatte er keine Ahnung davon, wie sie zu ihm stand. Es war ein Elend, daß man über die Menschen, die einem am nächsten standen, oft am wenigsten wußte. Die graue Kälte wurde dichter, so daß es beschwerlich wurde hindurchzufinden. Endlich meinte Sigvat bei der Bergspitze angelangt zu sein, aber in den Wolken konnte er weder Björn noch Solveig ausmachen, so daß er laut nach ihnen rief. Dicht neben ihm antwortete es aus der fahl-grauen Nässe, wobei er erschrocken zusammenzuckte, doch dann ging er vorsichtig auf die Stimmen zu. Dunkle Schemen schälten sich aus dem treibenden Himmel und festigten sich zu den Gestalten, die auf einer Gruppe von Steinen saßen.

»Habe ich euch lange warten lassen?« fragte er, aber sie verneinten. »Hast du schon zu erzählen begonnen?«

»Nein«, antwortete der Seemann, »erhol dich erst einmal von dem Anstieg. Außerdem brauchen Geschichten ihre Zeit, sie werden nicht eingeschaltet wie ein Radio oder ein Fernseher.«

Trotz der klammen Kälte und trotz der harten Steine fanden sie Ruhe, lauschten in das weiche Rauschen des Windes und auf die vereinzelten blinden Schreie der Vögel, die durch den verhangenen Himmel irrten.

»Vater, an was denkst du, wenn du hier sitzt?« wollte Solveig wissen.

»Es ist sonderbar, daß du mich das fragst. Ich dachte an einen uralten Vers, der mir gerade durch den Kopf ging.«

»Kannst du ihn aufsagen?«

Sigvat räusperte sich:

»Urzeit war es,
da Ymir hauste:
nicht war Sand noch See

noch Salzwogen,
nicht Erde unten
noch oben Himmel,
Gähnung grundlos . . .«

Die Worte drangen tief in den Nebel, in die Hörer, und Björn nickte: »Ymir der Urriese . . . Hier passen sie hin, die sagenhaften Gestalten; aus dem Nebel kamen sie, im Nebel sind sie, die Riesen, die Wanen und Asen, die Alben, Zwerge, Fenris, Mimir, Urd, Skuld, und Werdandi . . . Wißt ihr noch mehr? – Ja, es gibt noch etwas, es gibt noch mehr, die Drachen. – Kennt ihr welche?«

Für einen Augenblick schwiegen sie, dann meinte Sigvat: »Es gab Fafnir, der den Schatz auf der Gnitaheide hütete.«

»Und Midgard, die die Welt umspannte«, ergänzte Solveig.

»Schließlich noch Niddhög, der an der Wurzel der Weltesche nagte, sonst fällt mir nichts ein.«

»Ja, Niddhög, der Neiddrache«, murmelte Björn, »ich will euch vom Drachen erzählen, von seiner Wohnstatt . . .«

Die Stätte des Drachen

Ich werde wieder von Nolsoy erzählen, wieder vom Sturm, Wind und Regen und wieder von Georg Kölbing, dem deutschen Professor. Du erinnerst dich an ihn, Solveig? Er verbrachte einen langen Urlaub auf Nolsoy, um Korrekturen an seinem neuen Buch, das bald erscheinen sollte, vorzunehmen.

An dem Tag, von dem ich berichten will, herrscht Sturm auf den Inseln, Nordoststurm, ein Sturm der auf Nolsoy besonders beeindruckend und überraschend ist, denn an der Westflanke ist außer Windböen und Regen nichts Besonderes zu bemerken, aber wenn ihr um die Nord- oder Südspitze der Insel biegt, springt euch mit einem Male die volle, vibrierende Wucht des Windes an, hängt sich an euch, will euch umwerfen und pumpt eure Lungen auf, so daß eure Sinne in der Luft verwirbeln.

An solch einem Tag verließ der Professor seine Behausung, denn er hatte schon seit einigen Tagen den Fuß nicht mehr vor die Tür gesetzt, so sehr war er in seine Arbeit vertieft gewesen. Aber wo sollte er auch schon auf einer solch kleinen Insel hingehen? Doch heute wollte er hinaus, wollte wandern, und so verließ er das Dorf, immer noch in Gedanken verstrickt, und wandte sich nach Süden.

Nicht viel sehen wir mehr von ihm, ein undeutliches Wehen des dunkelblauen Regencapes; verschwommen beginnt die Gestalt den Berghang zu erklimmen, dann ertrinkt sie im Graugrün des diesigen Tages.

Was machen wir jetzt? Wir stehen auf der leergefegten Dorfstraße, kein Mensch, kein Tier zu sehen, nur ein verhaltenes Grollen des Sturmes auf der anderen Inselseite rinnt zwischen den verbiesterten Häusern heran. Zwei Stunden braucht der Professor bis zum Südende von Nolsoy, was machen wir solange? Aber ich vergaß, wir sind ja frei, Raum und Zeit stehen uns offen. Wir können uns tümmlergleich durch die Wellen stoßen, wir können mit einem Schritt die Insel durchmessen, sie und ihre Bewohner in unserer Hand wägen, oder wir können uns in die Luft werfen, hoch in die Sphäre, wo der Sturm über den Inselgrat greift. Nichts hält uns ab möwenhaft die Luft zu erklimmen, nichts verwehrt uns sturmtauchend durch die Windschwaden zu schweifen.

Fühlt ihr, wie es uns emporträgt, wie wir hochgespien über der Insel kreisen? Seht ihr die Gestalt so klein dort unten, die durch die Felsen klettert? Weit noch ist der Weg, den sie zurücklegen muß. Jetzt endet das Felsstück, und das längliche Hochplateau auf halber Höhe der Insel ist erreicht.

Schaut, jetzt bleibt der Professor stehen, ja, er setzt sich sogar, verschnauft. Sein Blick sucht den kleinen Horizont ab. Wo ist die nächste Wegmarkierung? Gras, Steine, und Schafe. – Welcher triefende Schatten ist der Steinmann, der die gangbarste Unwegsamkeit in dieser Einöde anzeigt? – Da, das wird er wohl sein. Mühsam erhebt er sich, schüttelt die klamme Kälte ab, wischt den Regen aus dem Gesicht. Und wieder verschwindet die Gestalt im Nebel.

Laßt uns höher steigen, höher als die grauen Trauerschleier. – Westwärts, Wolken, westwärts mit dem Wind! Hört ihr das Heulen hinter dem Berg? Entfesseltes Toben. Aber laßt uns weitereilen, damit wir den Professor nicht verlieren, denn niemand sollte allein sein an solch einem Tag. Wir werden ein Wolkenloch nutzen, ja, und da hinten könnt ihr Professor Kölbing uns entgegenkommen sehen. Die Hälfte des Weges hat er hinter sich, ein Stück nur noch von der Hochebene, eine halbe Stunde für das Moor, dann sind die Südspitze und der Sturm erreicht.

Doch wir wollen uns ihm entgegenschwingen, ihn umkreisen, ihn umzingeln mit unseren Blicken, denn ihr kennt ihn noch nicht gut genug. Seht ihn euch an! Er entspricht nicht dem, was man sich unter einem Professor für Germanistik und Philologie vorstellt, nicht hager und vergeistigt. Nein, klein und untersetzt kommt er uns entgegen. Grauhaarig, bärtig, mit zusammengekniffenen Augen gegen Regen und Wind. Prägt euch sein Gesicht ein, wie es uns triefend entgegenborstet. Doch was an ihm besticht ist sein Geist, sein Intellekt. Welch ein Denken in dieser rohen Form! Nicht umsonst ist er eine Berühmtheit in der Fachwelt; man zitiert seine Bücher und genialen Reden, seine Schüler verehren ihn als grandiosen Lehrer und großherzigen Menschen.

Jetzt schaut ihn euch an, diese vermummte Gestalt, die dem Sturm entgegenstapft. Was macht eine Berühmtheit an dieser unwirtlichen Stätte? Ein Buch korrigieren? Zieht man deshalb in die Wildnis?

Laßt uns einen Blick auf dieses Buch werfen, das die Fachwelt schon sehnsüchtig erwartet. Wir haben Zeit dazu, denn der Weg des Professors ist noch nicht zu Ende. Wir wollen uns zurücktragen lassen in das Dorf Nolsoy, denn dort hat uns der Wind das Fenster geöffnet, wendet uns die Seiten und durchtobt das Manuskript.

Zuerst ein Blick auf den Titel: »Der Drache in Literatur und Mythos West- und Nordeuropas«. Welch ein Titel! Ehrfurcht pirscht sich an, doch unser fingriger Blick wühlt weiter in den Worten, in alten Schriften, die uns bruchstückhaft entgegensprühen. Gut sind die Worte gesetzt, einsichtig der Gedankengang. Wie Nebel unter der Sonne löst sich der jahrhundertealte Staub der Gedanken unter des Professors schneidender Logik auf, zerstiebt, verweht und stirbt. Wo ist es hin, das mächtige Wesen Drache? Nicht existent mehr, eine Naturgewalt nur noch. Ein Sturm, eine Flut, eine vernichtende Kraft. Leben, Gut und Land, zerstört, zerbrochen und umgewälzt. Jedoch der Drachenhort, so fragt ihr, was ist der Drachenhort, der schimmernde Traum vergangener Zeiten? Die vernichtete Ernte, sagst du, Professor, das goldene Getreide, als Beute dem Meer zugeteilt.

Ein packendes Buch, ein glänzendes Buch. Neue Erkenntnis bekommen wir über die mythischen Vorstellungen unserer vergessenen Vorväter. Ein Stück mehr entschlüsselt, ein Partikel Wissen mehr bei unserem Haben. Aufgeräumt ist mit den romantischen Sehnsüchten!

Aber wir lassen diese Seiten ruhen, schnellen zurück zu dem sich vorwärtsmühenden Objekt unseres Interesses. Jetzt hat er das alte Torfmoor erreicht; ein schwieriges Wegstück, denn hier enden die Markierungen, und die Füße allein suchen den Weg in dieser haltlosen Weite.

Spürt ihr immer noch die Frage in euch, warum Georg Kölbing mit seinem Buch nach Nolsoy kam, dieser sturmverliebten Insel? Aber wir haben keine Zeit mehr, seine Gedanken zu ergründen oder seine Gefühle zu lesen, denn endlich hat der Professor die Südspitze der Insel erreicht. Der Wind nimmt zu, pfeift über das Moor, und der Regen peitscht waagerecht ins Gesicht.

Dann ein Blick aufs Meer, das grautot und doch lebendig die kahlen Hänge wild berennt. Weißsalzene Gischt und brennend kalter Regen verdrängen das bißchen Luft, das uns der Sturm nicht verwehte. Zornig prallt der kaltkochende Ozean an die sturmsteile Küste, die felsig hohe Stirn, die uns dem Untergang entreißt. Dann springt in unserem Kopf etwas um, und nicht die Wellen toben uns entgegen, nein wir, die Insel, rennen wahnwitzig in das weite Nichts. Der Wind und auch die Strömung sind unsere eigene Geschwindigkeit, unsere eigenen Lebenshast, die Unruhe, die uns frißt. Der nächste Augenblick bannt uns wieder fest auf dieses Felsenstück inmitten losgelassener Gewalt.

Doch still, wir wollen nur schweigende Beobachter sein. Allein steht der Professor auf der keinen Schutz bietenden, weiten Fläche, unter sich den kleinen Leuchtturm. Ein Blick die Küste entlang läßt das Ausmaß der Wildheit erahnen. Ungebremst wirft sich das Meer in die ausgehöhlten Grotten auf der Fluthöhe, zügellos schmatzt es hinein und fließt weißgurgelnd wieder ab. Unlösbar angenagelt scheint der Mann hinabzustarren, ertrunken im Donnern der Brecher. Unbemerkt hat der Wind sein Regencape zerrissen, das als überdimensionaler Schwalbenschwanz waagerecht hinter im knattert.

Eine leise Stimme sprach im Sturm, doch es dauerte eine Weile, bis der Professor sie bemerkte.

»Georg, Georg, was verfolgst du mich?«

Der Professor schaute sich nicht um, noch suchte er einen anderen Menschen. Kein Erstaunen, obwohl die Anrede unerwartet kam. Er hatte gesucht, er wußte nicht was, und nun hatte er gefunden, er wußte nicht was.

»Wer bist du?« rief er die Gelegenheit nützend, ungewiß dessen, was kommen würde.

»Du fragst, wer ich bin? Nichts bin ich, wie du sagst. Jedoch – ich bin der Drache, der Lindwurm, eine müde alte Schlange, die du meisterlich mit deiner spitzen Feder erlegt hast, Georg. Zu Tode getroffen bäume ich mich noch einmal auf, – auf den unschuldigen, weißen Seiten deines Buches. Mein Blut tränkt deine Feder, und dein Fuß steht auf meinem Nacken ...«

Der Professor sank nieder, setzte sich, vergaß Sturm und Nässe, nur Auge noch, nur Ohr noch. Der aufgewühlte Horizont verdämmerte in den immer neu heranstürmenden Wolken.

»Wer bist du?« fragte er wieder in Richtung der grauen Weite.

»Hast du nicht gehört? Ich bin eine mythische Fiktion, die Kompensation der menschlichen Urangst, die gebannte Gewalt der Natur. Das hast du doch so schön geschrieben. Du erlaubst, daß ich zitiere: ›Der Mensch der Vergangenheit steht hilflos vor der Zerstörung durch die Naturgewalten ... Das ziellose, planlose Chaos paßt nicht in sein primitives Weltbild, so erfindet er die übermächtige Gestalt des Drachens ... In diesem Dämon ist seine Angst bildlich geworden, etwas Konkretes, dem man einen eigenen Willen zuspricht, das seine eigenen (für den Menschen negative) Ziele verfolgt ... So hat die Zerstörung ihren Schrecken verloren, und das Numinose, das Unbeschreibbare ist gebannt, weil es einen Namen hat ...‹ – Köstlich diese Kürze, diese Prägnanz. Generationen von Germanisten werden dir zu Füßen liegen und jedes deiner Worte wie einen Schatz hüten. Deshalb gestatte mir, daß ich, dein besiegter Gegner, dir meine Huldigung darbringe.«

Der Wind schwoll an, so daß das eingerissene Regencape mit einem Knall ganz zerriß und davonwehte. Ungeschützt saß die dickliche Gestalt im Sturm, Wasser floß über ihr Gesicht, die Augen blinzelten erschrocken hinter der dicken Brille, auf der der Regen die Welt zersplitterte. Er spürte, daß sein sonst so eigenwilliges Haar sich triefend an seinen Kopf schmiegte, wie eine kalte Klammer. Fiebernde Gedanken preßten sich gegen die lähmende Kälte, aber sie kamen nicht an gegen die Angst, die wie ein zweiter Puls in ihm zitterte. Ruckhaft beugte er sich vor, dann rief er der Stimme zu: »Was soll deine Ironie, warum verspottest du mich? – Du bist doch nur ein Hirngespinst, eine Fieberphantasie. – Ich bin überarbeitet, . . . dann diese Kälte und Nässe; – verrückt, daß ich hierher gekommen bin. Kein Wunder, daß ich Stimmen höre!«

Grimmig lachte er, dann stemmte er sich mühsam hoch, brülllte die Nässe von sich. Die Hände fuhren durch sein Gesicht und schürften fahrig durch die tiefen Falten. Ein Blick aufs Meer, auf den Leuchtturm zu seinen Füßen.

»Warum gehst du nicht, wenn ich doch nur ein Hirngespinst bin? Sei ehrlich, du suchst mich. Spürst du nicht die leise Neugier, den prickelnden Zweifel? Denk an den kleinen Jungen, der du einst warst, der mit fieberndem Blick Märchen las. Denk an ihn und akzeptiere, daß es mich, den Drachen, wirklich gibt. Ein Relikt der Vergangenheit, ein kleines Stück des Gewesenen. Du kannst es in deinen Fingern halten. Welcher Mensch sonst hätte solch eine Gelegenheit. Denk an den Ritter, der du warst, wenn du in deinem Bett lagst und träumtest. St. Georg! – Was stammelst du?«

Mechanisch bewegten sich die Lippen des einsamen Mannes: »Nein, nein, nein . . .«

Es strömte aus ihm heraus, bis ein peitschender Windstoß ihn zur Besinnung brachte.

»Du kannst mir nicht entrinnen, unaufhaltsam taumelst du dem Ziel entgegen, – mir. Denkst du, du könntest ein Leben in Glück und Frieden führen, ohne dich mir einmal zu stellen? – Hier bin ich, ein Basilisk, ein feurig fliegender

Drache. Schau her, der Sturm, das Meer sind mein, ich habe sie gemacht. Auf dem Papier hast du mich mit deinem Schwert besiegt, doch versuche mich auch hier im Meer, in meiner Welt, oder gar in deinem Leben zu erwürgen.«

Die Stimme lachte leise, warm und sympathisch.

»Warum zerstörst du mich nicht, wenn ich und mein Buch dir nicht gefallen?«, so brach es aus dem Professor heraus.

»Ah, hast du also meine Gegenwart, meine Existenz akzeptiert? Sprichst du also mit mir? – Welche Ehre! – Dich zerstören? Warum denn? Du machst das doch viel besser als ich. Und dein Buch ist wirklich ausgezeichnet, es wird mir sehr nützen und meine Macht ausweiten. Denn was nicht existiert, was nur eine Fiktion ist, kann man nicht erkennen und nicht bekämpfen. Du wirst der letzte Drachentöter sein, wenn auch in einem anderen Sinne. Du paradierst wunderbar in Rüstung und Lanze; dann ein kurzer Kampf, du stichst zu, und ich winde mich in Qualen. Die Welt applaudiert dir und geht zur Tagesordnung über. Ich stehe auf, und wir umarmen uns. Ist es nicht herrlich? – Ein wirklich gutes Buch.«

Tonlos murmelten die Lippen des Professor: »Drache, ich verstehe dich nicht.«

»Höre auf deinen väterlichen Freund, ich erkläre es dir. Es gibt immer noch viele Menschen, die an mich, den Drachen, in irgendeiner Form glauben. Die sich meiner Existenz bewußt sind und versuchen, irgendwie Widerstand zu leisten. Dein Buch hingegen erklärt unwiderlegbar, daß ich nur ein archaisches Relikt bin, eine Einbildung. Das bedeutet, daß sie den Kampf aufgeben, denn ich bin ja nicht real. So ist es wieder da, das Numinose, das Unbeschreibbare, die große gesichtslose Gewalt, ungreifbar und unbesiegbar, aber die Menschen haben es noch nicht gemerkt.«

»Du machst mir angst«, entfuhr es dem Professor. »Ist es wirklich das, was ich mit meinen Schriften mache, daß ich zwischen die Wirklichkeit und die Menschen eine Mauer der Wissenschaft baue? Ist es wirklich das? – – – Ich kann ja mein Manuskript vernichten, verbrennen oder ins Meer streuen. Ein neues Stück für deinen Hort!«

Er lachte bitter auf.

»Tu's doch. Denkst du, das würde mich stören, oder etwa aufhalten? Blick der Wahrheit ins Auge: auf dich kommt es nicht an. Ich finde zehn andere, die dein Buch schreiben werden. Aus den Felsen hier könnte ich mir Kinder machen, wenn ich es wollte.«

»Du machst mir angst!«

Ein leises Schmunzeln lag in der Stimme, als sie antwortete: »Du brauchst doch keine Angst zu haben, kennst du denn noch immer nicht das Mittel gegen die Angst? Ignoriere sie, denn was man nicht sieht, ist auch nicht da. So machen es doch die meisten, sie blicken ein Leben lang von mir fort, mit dem Erfolg, daß ich mit ihnen machen kann, was ich will. Wirksamer ist allerdings, wenn du dich auf die Seite des Angstmachenden stellst und selber Angst machst, ein Teil der Angst wirst.«

Leicht schwankend wandte der Professor dem Meer seinen Rücken zu und ließ sich vom Wind den Hang emportreiben. Dann steuerte er eine leichte Kurve in Richtung des Leuchtturms an. Nach einer Drehung brüllte ihm der Sturm wieder ins Gesicht. Suchend griffen seine Hände nach dem Fundament des Turmes, aber auch hier war nichts Festes. Der Stein bebte unter dem Ansturm der Wellen und des Windes. Die klammen Finger suchten den rostigen Türgriff, rüttelten, ließen wieder los, während der Wind höhnisch im Schlüsselloch pfiff. Schweratmend lehnte Professor Kölbing an der Wand. Wo war er? War er denn noch auf Nolsoy? War er nur zwei Stunden von seinem Zimmer entfernt? Allein getrennt von der Welt durch eine kurze Wegstrecke und ein wahnwitziges Gespräch. Ein Kreisen und Drehen in seinem Kopf. Dann auf einmal der Drache: »Du bist so still, Georg.«

»Ich brauche Hilfe«, murmelte er in seinen Bart.

»Es gibt keine Hilfe«, antwortete es zärtlich.

Wie eine sanfte Hand streichelte ihn die Stimme des Drachen, und er hörte auf seine Rede. Dann auch hörte er nichts, sondern zweifelte wieder und wieder an seinen Sinnen. Nach einer langen Zeit rief er: »Wer bist du?«

»Weißt du das nicht?« erscholl es fast liebevoll. »Ich, der Drache, bin das Nichts, das Alleszunichtemachende, das Allesverschlingende und das Allesgebärende. Ich bin der Herr – – der Welt. Aber was hilft es dir, das zu wissen? Was hilft es überhaupt zu wissen?«

Der Professor drückte sein Gesicht an die Mauer des Turmes und antwortete nicht.

»Ist dies nicht die Frage, die dich umtreibt, die dich auf die Insel getrieben hat? Welchen Wert hat die Erkenntnis und gibt es sie überhaupt? – Schau dir den Unwissenden an, den Menschen, der nichts erkannt hat, der überhaupt nichts wissen will. Er ist ein Tier, ein Stück Materie, das für einige Jahre gallertartig zittert und letztendlich doch verfault. Und du? Du sammelst Wissen an wie einen Schatz, gießt es in Formen, deine Bücher. Aber bist du weitergekommen? Bist du eine Stufe höhergestiegen als die vegetierenden Materieklumpen, die dich umgeben? – Erkenntnis, – es gibt sie nicht!«

Der Professor öffnete bei diesen Worten die Augen, während seine Hand den Türknauf umklammert hielt.

Leise begann er zu sprechen: »Ja, du hast richtig erkannt, was mich hierhertrieb. Welchen Wert hat mein Tun, welche Berechtigung hat meine Existenz? Und ich stimme dir zu, Erkenntnis gibt es nicht, Erkenntnis, wie du sie siehst. Vielleicht habe ich so gelebt, habe Wissen gesammelt, gerafft . . . aber während du sprachst, wurde mir klar, was Erkenntnis ist.«

»So laß mich daran teilhaben«, flüsterte der Drache.

»Erkenntnis ist, erkannt zu sein, dies wahrzunehmen und vor allen Dingen dies bedingungslos zu akzeptieren.«

Schweratmend brach Professor Kölbing ab, denn der Sturm wütete mit neuer Kraft.

»Schön«, sagte die Stimme leise, »schön, wie du das sagst, schön, daß du es sagst. Es ist immer wieder erheiternd, wenn jemand versucht mit mir zu argumentieren. Gegen meine Logik und Klarheit kommt keiner an, denn in mir spiegelt sich die Wahrheit.«

»Das mag sein«, keuchte der Professor, »aber im Spiegel ist alles seitenverkehrt.«

Eine Windböe sprang den triefenden Mann raubtierhaft an, um ihn nach kurzem Sträuben vom Leuchtturm loszureißen. Schwer fiel der Körper auf den steinigen Hang, auf dem die Hände Halt suchten, sich aber nur die Haut abschürften. Dann ließ der Sturm ihn los und orgelte, als würde er lachen, den Hang hinauf. Gequält blickte er zum Meer, dem er gefährlich nahe gekommen war. Gierig schlingerte eine Woge auf ihn zu, deren Gischtfinger ihn fast erreichten. Verzweifelt schrie er auf: »Was tust du?«, aber der Drache schwieg.

Windfahnen wehten heran, Regen spritzte aus den schwangeren Wolkenformationen. Hilflos rappelte sich die kleine Figur auf, schwankte den steilen Hang hinauf und preßte dabei die Hände an die Ohren, um das gierende

Dröhnen auszusperren. Es dauerte einige Zeit, bis er einen halbwegs sicheren Ort erreicht hatte, dort blieb er stehen, legte die Hände an den Mund, der dunkel atmend in seinem bleichen Gesicht klaffte, und rief in die entfesselte Natur: »Drache, wo bist du? – – Wer bist du?«

»Georg, Georg, immer dieselbe Frage. Wer bin ich? Was willst du denn noch wissen? – –
Ich bin der Drache, die Macht der Zerstörung.
Dieser Sturm: mein Kind, mein Gedanke.
Ich treibe ihn gegen die Felsen,
brülle ihn gegen die Klippen.
Siehst du, wie er krallengleich am Stein nagt,
wie er in den Höhlen gurgelt und alles untergräbt?
Triumphierendes Tosen, wenn die Küstenlinie zerbricht.
Zerquetschte Tierkadaver treiben im Schaum der Brandung,
bis sich ihre Bäuche blähen und platzen.
Steinschutt und Mutterboden verwirbeln im Dunkel des Ozeans.
Schau, wie ich den Wind über die Insel jage,
Dächer abtrage, Mauern umstoße, die Ernten vernichte.
Spürst du nicht die pulsierende Kraft, die alle Sinne reizt?
Willst du nicht teilnehmen, ein Teil davon werden?
Doch antworte nicht, denn ich bin mehr als dieser Sturm.
Blähe ich meinenLeib, bersten die Berge,
und feurig atme ich durch die zerfleischte Welt.
Hörst du das Schreien, das Wimmern und Röcheln des Todes, das mir huldigt?
Siehst du die starren Augen derer, die meine Gestalt gesehen,

denn sie zogen den Tod als Liebhaber an ihre Brust.
Bombengleich bersten meine Gedanken unter den Völkern,
treiben sie gegeneinander,
Mensch gegen Mensch, Bruder gegen Bruder,
Väter gegen Söhne, Männer gegen Frauen.
Gebirge von Leichen sind mein Hort.
Zerfetzte, zerstückelte Leiber mein Hofstaat.
Verkrüppelte Seelen singen mir Lieder,
und die Toten tanzen mir zu Ehren,
mit verrenkten Gliedern, mit klaffenden Kiefern.
Alles tanzt, dreht und windet sich.
Stöhnen nur würgt sich aus zerfressenen Seelen.
Schlingernd treibt es sie vorwärts im großen Reigen, der nie endet.
Ich bin der Drache.
Georg, hörst du nicht, wie alles deinen Namen ruft?
Du bist mein!«

Wie erstarrt stand der Professor in der Kälte, starrte auf die Küstenlinie Nolsoys, an die sich immer wieder das Meer schmiegte, so daß die Gischt über den Rand der Klippen ins Landesinnere flog.

»Mein Freund, du sprichst ja nicht«, schmunzelte die Stimme.

»Doch ich rede«, kam es zähflüssig über die Lippen des Mannes, »aber zuvor eine Frage. Bist du glücklich bei all der Zerstörung, empfindest du Freude?«

»Nein, ich fühle nichts, keine Befriedigung, kein Glück, keine Freude, keine Liebe, keinen Haß. Unbeteiligt, leidenschaftslos sehe ich die Zweckmäßigkeit der Dinge. Gerade die Gefühle sind es, die dir alles mißraten lassen, die dir zeigen, daß du im Kern deines Wesens verfehlt bist. Wie kannst du je ein Ziel erreichen, wenn deine Gefühle dich immer vom Weg abdrängen? Haß, Wut, Liebe, Glück, Friede – – Kinderkram! Von dem ich dich befreien kann, wenn du willst.«

»Hör auf«, schrie der Professor. »Wie dumm, denkst du, bin ich eigentlich? Meinst du, ich durchschaue dein Spiel nicht, das alte, immer gleiche, immer andere Spiel? Drache, du kannst mich zerstören, du kannst mich in den Wahnsinn treiben, aber ich werde kein Teil von dir, kein Teil deines Hortes. Daß du dich mit mir, einer geringen Kreatur, überhaupt abgibst, zeigt, daß du im Grunde besiegt bist, denn was bin ich schon, was könntest du an mir haben? Nichts. Du bist besiegt.«

»Warum der Eifer, Georg? Ich bin besiegt; – ich weiß, daß ich besiegt bin. Aber, bitte gestatte mir die Frage, was das mit dir zu tun hat. Hast du mich besiegt? Antworte mir, du Leuchte der Wissenschaft, du edle Kreatur.«

»Nein, ich habe dich nicht besiegt, nicht ich. Aber du bist besiegt, das ist alles, was zählt.«

Nach diesen Worten drehte sich Professor Kölbing um und begann die Flanke der Insel zu besteigen, um den Rückweg anzutreten. Bergan wie ein Blatt trieb der Wind ihn vor sich her, so daß der Sturm, das Meer, die Küste und der Leuchtturm hinter ihm zu versinken schienen. Schon hatte er die höchste Stelle erreicht und sah das Moor wieder vor sich, als ihn der Drache ansprach: »Georg, du gehst? Ich habe das Gespräch noch nicht beendet. Denkst du, daß ich nach deinen letzten Worten heulend oder zähneknirschend hätte verschwinden müssen, wie ein geprügelter Hund? Georg, denke daran, ich bin noch da.«

Der Professor wandte sich um und blickte zurück zum Meer.

»Was willst du denn noch von mir?« rief er aus, und

versteckt klang Verzweiflung aus seiner Stimme, doch der Drache antwortete nicht.

»Drache, wo bist du?«

Ein leises Lachen perlte auf: »Weißt du denn nicht, wo ich bin Georg? Kennst du nicht meine Stätte, an der mich keiner sucht, und wo mich niemand vertreibt? – Ich bin in dir Georg. Der Sturm, die Verwüstung, das Nichts, alles ist in dir. Du kannst mich nicht vertreiben. Man kann mich nur aus dir lösen, wenn man deine Person, dein Ich zerstört. Und wer ist schon bereit, freiwillig seine Person zu opfern, um mich loszuwerden, oder bist du etwa bereit dazu? – Denk an all das, was du verlierst.«

Eine große Hilflosigkeit sprang den Professor an, so daß er sich hinsetzte und in sich zusammensackte.

»Was willst du denn von mir«, stammelte er, »wozu die ganze Zerstörung, warum das Grauen, wenn du doch besiegt bist?«

»Du reitest darauf herum, daß ich besiegt bin, dabei ist gerade das der Grund, daß ich mich mit dir und all den anderen abgebe. Wenn selbst mir die Vollkommenheit fehlt, so daß ich fallen muß, so daß in mir das endlose Nichts aufquillt, welches Recht hast denn du noch zu existieren, du und alles andere? Alles, was besteht, ist verfehlt, verformt, verkrüppelt, deshalb ziehe ich es mit mir hinab in das Nichts. Schau dich um in der Welt, Georg, du wirst mich überall sehen. Denk an den alten Mann, bei dem du wohnst, an seine Töchter, dort bin ich. Wenn du deine Frau umarmst und in ihre Augen schaust, bin ich nicht auch da? Wenn du deine Tochter lachen hörst, lacht sie, oder vielleicht ich? Du siehst mich in den Hörsälen deiner Universität, ich sitze im Kreise deiner Freunde, im Fernsehen siehst du meine Taten, selbst in deiner Gemeinde kannst du mich finden. Wenn morgens dein Gesicht dir im Spiegel entgegenstiert, frag dich einmal, wieviel Raum ich in dir einnehme.«

Leiser und leiser war die Stimme geworden, so daß der Professor das Letzte kaum noch verstand. Zitternd sprang er wieder auf, begann loszulaufen, stolpernd, während er dabei stammelte: »Drache, Drache, und doch ... du bist besiegt, du bist besiegt ... Daran muß ich denken! ... Daran ... Drache, all das ist wahr, was du gesagt hast ... Wenn ich dich suche, kann ich dich überall finden ... Aber du bist nicht alles, überall, in allem ist auch etwas anderes, das vielleicht bestehen wird, ... wenn es sich daran klammert, daß du ... besiegt bist ...«

Schaut, wie die Wolken herantreiben und alles verhüllen. Bleiernes Dickicht verschlingt die Insel. Haben wir etwas gehört, haben wir etwas gesehen, oder haben wir geträumt? Was soll ich euch sagen? Doch laßt uns emporschwingen, damit uns die letzten Stöße des Sturmes zurücktragen. Weit hinweg über die Felsen, das Gras, das Meer. Spürt ihr, wie die Luft alt geworden ist, wie die Kraft des Windes abbröckelt? Schaut, da ist das Dorf, menschenleer, wie wir es verließen. Ein paar Hunde nur und erleuchtete Fenster. Nachwehen des Sturmes speien nur noch an die geschlossenen Türen. Mit diesem wimmernden letzten Blasen erreicht auch der Professor das Dorf, lächelnd. Er eilt sofort zu seinem Zimmer, seinem Gastgeber nur einen knappen Gruß hinwerfend. Gierig greifen seine Hände nach dem Manuskript, halten an, zögern, nehmen es dann aber doch und stopfen es in die von Regen und Gischt völlig verdorbene Jacke. Mit jungen Schritten läuft er hinaus in das schwellende Dunkel, an den Häusern vorbei zum Rande der Klippen. Dort bleibt er stehen, ein, zwei Minuten, dann wirft er die Papiere mit ruhiger Bewegung die Felsen hinab. Naß und durchfroren wendet er sich ab, um zu seiner Unterkunft zu gehen.

Jetzt umfängt uns die Nacht mit ihrem Schweigen; der Sturm ist vorbei.

Die Beerdigung

Die Wolken zogen dahin ebenso wie die Zeit, Minute reihte sich an Minute und verschwand als verlorene Kette in der Undurchdringlichkeit, die die drei Menschen umgab. So verstrich eine halbe Stunde, in der sie wortlos dasaßen, getrennt durch den Nebel, so daß keiner den anderen sehen konnte, gemeinsam allein. Dann atmete Björn tief ein, und ein paar Worte entglitten ihm, wie einem Behältnis, in das man zuviel verstaut hatte:

»...
nicht Erde unten
noch Himmel oben,
Gähnung ... grundlos ...«

Die anderen reagierten nicht darauf, als wären sie gar nicht vorhanden, und woben weiter an der Stille, die sie um sich zogen. Björn wußte nicht, was mit ihm geschah, die Geschichte war doch gut ausgegangen, aber eine unbeschreibliche Traurigkeit erfüllte ihn, stumm saß er im Nebel, und Tränen rannen ihm salzig über das Gesicht. Sie brachten ihm keine Erleichterung, sie bauten nicht die angestauten Gefühle und Sehnsüchte ab. Er schluchzte nicht, zitterte nicht einmal, seine Augen ergossen sich einer Quelle gleich, und er hatte das Gefühl, daß er von sich losgelöst sei, sich selber zusah, nicht eingreifen konnte, nicht helfen konnte, nicht verstand.

Auf einmal tauchte eine Hand aus dem Nebel auf, fuhr durch sein Gesicht und verschwand sofort wieder, als habe sie sich erschrocken. Aufgebracht wischte sich der Seemann durchs Gesicht, sich fragend, wessen Hand das gewesen war, die des Onkels oder Solveigs. Ohne ein

Geräusch zu verursachen stand er auf und trat den Heimweg an. Es war ihm gleich, ob die anderen ihm folgten, er wollte nur nicht mehr sprechen, nicht jetzt, nicht heute. Aber auch die beiden anderen hatten kein Bedürfnis zu reden, denn auch sie, obwohl Vater und Tochter, gingen getrennt zurück nach Hause.

Solveig stolperte den Berg hinab, immer wieder in Gefahr hinzufallen, aber die jugendliche Geschmeidigkeit bewahrte sie davor, so daß sie ungestört ihren Gedanken nachhängen konnte. Sie war es gewesen, die tastend ihre Hand in dem Nebel getaucht hatte. Björns Worte waren eine Brücke gewesen, auf der sie sich bewegt hatte, eine unsichere, schwankende Brücke, die zusammenbrach und sie allein zurückließ, als er schwieg. Die Einsamkeit war so greifbar gewesen, daß sie jemand berühren mußte, um gewiß zu sein, daß sie nicht allein war. Sie hatte nicht gewußt, wer in der Richtung saß, in der sich ihre Hand bewegte, denn der Nebel hatte alles verschluckt, selbst die Stimmen kamen unbestimmbar von allen Seiten. Sie wußte Bescheid, als ihre Finger ein bartloses Gesicht berührten, von dem sie jedoch sofort zurückschrak, weil sie seine Nässe fühlte. Zuerst hatte sie an die Feuchtigkeit des Nebels gedacht, aber dafür war es zu heiß gewesen, bis ihr dann aufging, woher sie rührte. Zutiefst bestürzt über die Schwäche, in der sie Björn vorgefunden hatte, legte sie den Weg nach Klaksvik zurück.

Und Sigvat? Sigvat blieb am längsten von allen im Nebel sitzen; er dachte nach, träumte und machte sich weiterhin Sorgen, von denen er mehr und mehr überzeugt war, daß sie berechtigt waren. Als er sein Haus erreichte, kam ihm seine Frau sofort entgegen, da sie schon leicht besorgt nach ihm Ausschau gehalten hatte.

»Wo bleibst du denn solange, Solveig ist schon eine

Ewigkeit hier? Du bist ja völlig unterkühlt! – Wie kann man nur so kindisch sein?!«

Nachdem er sich umgezogen und etwas Heißes getrunken hatte, war auch Maria etwas ruhiger geworden.

»Na, wie war es denn? War es schön? Aus Solveig ist ja nichts herauszukriegen.«

Sigvat schüttelte den Kopf. So sehr sich seine Frau auch bemühte, sie konnte nichts erfahren, so daß sie sich leicht verstimmt in die Küche zurückzog. Spät am Abend kam Björn wieder, der bei seinen Eltern gewesen war. Nachdem er sie begrüßt hatte, sagte er, daß er gleich ins Bett wolle, da er morgen für seine Mutter in Strendur Wolle kaufen müsse. Aber auch die anderen blieben nicht mehr lange auf. Sigvat brütete über seiner Zeitung, Solveig saß einen Brief schreibend am Tisch, und Tante Maria strickte schmollend.

Die Nacht hatte sich knackend in den Zimmern ausgebreitet und schwelgte in der Leere, die die Bewohner zurückgelassen hatten. Aber es schliefen noch nicht alle, Björn lag in seinem Bett und versuchte mit seinen Augen die Dunkelheit zu durchdringen. Die Zeiger seiner Uhr bewegten sich auf Drei zu, die Stunde, in der man dem Tod am nächsten war, als sich die Tür langsam öffnete. Lautlos betrat Solveig, nur im Nachthemd und mit bloßen Füßen das Zimmer. Sie stellte sich neben das Bett, legte eine Hand auf den Pfosten und versuchte etwas in der Finsternis zu erkennen, in der sich das Kopfende befinden mußte. Langsam nur gewöhnten sich ihre Augen an die Dunkelheit, doch dann sah sie das Weiße zweier Augen blitzen, so daß sie wußte, daß Björn wach war.

»Du bist wach?« fragte sie, und er schloß die Augen für einen Moment zur Bestätigung, dann aber heftete er sie wieder auf sie.

»Was willst du hier? Denkst du nicht an deine Eltern, an die Familie, das Gerede, an deinen guten Ruf, an mich?«

»Nein, ich möchte mit dir reden.«

Auf den einzigen Stuhl weisend, der am Ende des Raumes stand, sagte er: »Setz dich.«

Solveig nahm den Stuhl, stellte ihn neben das Bett und setzte sich. Dann zog sie die Beine hoch, umfaßt die Füße mit den Händen, legte das Kinn auf die Knie und blickte zu Björn, der sich etwas aufgerichtet hatte.

»Ich dachte den ganzen Nachmittag an den Björn von früher, den Freund und Bruder. Wo ist er geblieben, Björn?«

Der Seemann ballte die Fäuste unter der Decke und preßte die Lippen zusammen.

»Gestern auf Nolsoy dachte ich, er wäre noch da, aber der, der von Chile sprach, und der heute? Ist das derselbe? Wo ist der Björn, der so gerne lachte, der gerne in die Kirche ging, der im Chor sang, der Jugendarbeit machte, der an Gott glaubte? Wie kann man an Gott glauben und vom Drachen sprechen, sogar Worte der Bibel verdrehen, sie ihm in den Mund legen?« Mehr und mehr war ihre Stimme abgebröckelt.

»So, du denkst, das könne man nicht, das dürfe man nicht?« Er machte eine Pause. »Solveig, ich bin derselbe, alles, was du genannt hast, bin ich immer noch, es ist nur Neues hinzugekommen.«

»Aber du beunruhigst so.«

»Das muß sein, ein Leben kann nicht ohne Beunruhigungen sein, ebenso wie ein Glaube nicht ohne Zweifel sein kann. – Glaube ist zum Teil ausgehaltener Zweifel.«

»Wie kannst du so etwas sagen?« Solveig hatte ihre Hände auf die Knie gelegt und stemmte ihren Oberkörper gegen die Stuhllehne. »Aber du sprichst doch nur vom

Zweifel, vom Fragen, vom Nichtwissen. Selbst wenn deine Geschichten gut ausgehen, gehen sie nur für die Personen der Geschichte gut aus, nicht für den Hörer. Er bleibt zurück mit der Beunruhigung. – Glaube ist nicht nur Zweifel, Fragen und Angst, er ist auch noch anderes. Kannst du nicht davon sprechen, oder willst du nicht?«

Diese geflüsterte Frage, die fast eine Anklage war, hing in der Dunkelheit zwischen ihnen, und der junge Mann wußte nicht, ob er sie beantworten konnte, und selbst wenn, wußte er nicht, ob Solveig seine Antwort akzeptieren würde.

»Das andere, von dem du sprichst, ist mein Lebenszentrum, das einzige, was mich aufrecht hält. Ihm strebe ich nach, ihm will ich nahe sein, aber ich kann es nicht beschreiben, kann es nicht schildern. Zum einen entzöge es sich mir, zum anderen widerspräche es dem, was ich eigentlich will. Denn wenn ich es beschreiben wollte, müßte ich mich von ihm entfernen, um etwas erkennen, erfassen zu wollen. Das ist, wie wenn ich ein Bild beschreiben wollte und stieße mit der Nase daran. Nichts würde ich sehen, nur Farbe. Ich müßte zurücktreten, um zu erkennen, doch dann wäre ich fern von ihm. So stehe ich mit dem Rücken dazu, dränge mich daran, suche Halt und schildere das, was ich aus dieser Position sehe, die Ferne, die Abwesenheit, die Angst, die Verzweiflung, die Leere und den Abgrund. Ich schreie es heraus, um den Blick auf das zu richten, an das ich mich lehne, das andere.« Erschöpft ließ er seinen Kopf gegen die Wand sinken. »Hinter all dem bin ich immer noch dein – Freund und Bruder. Jetzt geh schlafen.«

Langsam erhob sich Solveig von dem Stuhl, stellte ihn zurück an seinen Platz, dort blieb sie stehen, die Hände auf die Lehne gestützt und sah einen Augenblick zum

Fenster hinaus. Dann wandte sie sich wieder dem Bett zu.

»Aber . . .«, setzte sie an, bis sie in seine Augen blickte, in die sie und der ganze Raum zu stürzen schienen. Schnell ging sie hinaus und schloß die Tür. Für einen Augenblick schaute er auf die Stelle, an der sie eben noch gestanden hatte. Dann drehte er sich mit einem Ruck zur Wand.

Der nächste Morgen begann mit Sonnenschein, die Berge leuchteten in ihrem saftigsten Grün, durchbrochen vom fahlen Gelb der gemähten Wiesen und vom Grau der Felsen, die sich überall machtvoll in Erinnerung brachten. Selbst das Meer hatte sich nach den stürmischen Tagen beruhigt und dümpelte blau im Hafen.

Früh hatte sich Björn in Richtung Thorshavn auf den Weg gemacht, um dort die Fähre nach Strendur zu bekommen. Er nahm es seiner Mutter nicht übel, daß sie ihn mit diesem Auftrag durch die Gegend schickte, nein, er war eigentlich froh, aus dem angespannten Empfinden herausgerissen zu werden, da er so Zeit fand, Abstand zu gewinnen, wenn es auch nur einige Stunden waren. Die Fähre schien sich direkt fröhlich durch den Fjord zu schieben, und die Möwen kreisten akrobatisch um sie herum, bis sie spielerisch den Zielhafen ansteuerte.

Der Seemann stand am Ufer, blickte hinüber zu dem Ort, der auf der anderen Seite des Fjordes in der Sonne lag, dann drehte er sich allerdings um, um jemand zu finden, der ihm den Weg zu der Wollfabrik beschreiben konnte. Inzwischen aber hatte sich die kleine Gruppe von Menschen verlaufen, so daß er erst ein Stück gehen mußte, bis er jemanden traf. Er rief seine Frage über die Straße einer Frau zu, die dort mit einer Tasche entlangging. Sie blieb einen Moment stehen, überlegte und wies dann lächelnd mit ihrer Hand in eine unbestimmte Richtung, um sofort weiterzugehen. Björn folgte der vagen Richtungsangabe und schien auf eine Straße zu gelangen, die quer durch den Ort führte. Das schöne Wetter genießend schlenderte er an den Häusern vorbei, links und rechts schauend, ob er womöglich die Wollfabrik entdecken konnte. Nach und nach wurde die Besiedlung spärlicher, so daß er den Eindruck gewann, in die Irre gegangen zu sein. Trotzdem ging er, nicht im geringsten verstimmt, bis zu einer Tankstelle, die das Ortsende markierte. Hier blickte er auf die langgestreckte Siedlung zurück, deren bunte Häuser, wie überall auf den Inseln, aus der Entfernung so schön aussahen. Dann lehnte er sich an einen Fahnenmast, der neben der Tankstelle stand, zog einen Schuh aus und forschte darin nach einem Stein, der ihn gedrückt hatte. Als er sich wieder aufrichtete, wunderte er sich, daß die Fahne über ihm auf halbmast wehte. Irritiert bemerkte er, daß alle Fahnen in Strendur so tief standen. Was mochte das bedeuten? War irgendein besonderer Feiertag? Aber das konnte nicht sein, seines Wissens nach war noch nie ein Feiertag zwischen Weihnachten und Neujahr gewesen. Aber was ging ihn das hier schon an, er hatte einen Auftrag zu erledigen. Der Tankwart erklärte ihm wortkarg, daß er zurück zum Hafen müsse, denn dort in der Nähe sei die Fabrik.

Nach zwanzig Minuten war Björn wieder im Ortskern und hielt nach einem Industriegebäude Ausschau. Endlich fand er es, sogar ein Schild war am Straßenrand. Er war blind daran vorbeigelaufen. Die Sonne glitt über das Gebäude, über die verstaubten Fenster, über das wuchernde Gras und über das rostende Metall, das herumlag. Der Seemann umschritt das Haus, jedoch öffnete ihm weder jemand, noch war ein Laut zu hören. Bevor er sich abwandte, rüttelte er noch einmal an der ausgeleierten

Klinke, ohne irgendein Resultat zu erwarten. Dann drehte er sich um, streckte die Hände in die Taschen und sah sich um. Etwas abseits, nicht allzuweit entfernt, stand ein schmales Haus, das zur Fabrik zu gehören schien. Björn klopfte verhalten an die Tür und trat schließlich, da niemand erschien, in eine kleine, quadratische Diele, in der Mäntel und Schirme abgelegt worden waren. Vorsichtig öffnete er eine Tür, aber nur die staubige Luft eines leeren Raumes trieb ihm sonnenbeladen entgegen. Unschlüssig blieb er in der blassen grau-grünen Diele stehen, um sich endlich doch einen Ruck zu geben und die Treppe zu erklimmen, von der er ein entferntes Gemurmel gehört zu haben meinte. Nach einem scharfen Knick stand er wieder vor einer Tür, die er entschlossen aufstieß, da er schon so weit gegangen war.

In einer mittelgroßen Küche saßen etwa sechs bis sieben alte Frauen, in schwarzen Kleidern und mit weißen Haaren um einen Tisch, redeten mit vorgebeugten Köpfen und rührten unablässig in kleinen Tassen, die vor ihnen standen. Er mußte erst das Erstaunen in sich niederkämpfen, bis er sich bemerkbar machte. Sofort brach das Reden ab, alle blickten ihn unbewegt an, bis eine von ihnen aufstand, ihre übergroßen Hände, die dürr aus dem Kleid ragten, ihm entgegenstreckte und ihn fragte, was er wolle. Nach einigem Hin und Her hatten sie ihm begreiflich gemacht, daß er im Augenblick sehr ungünstig komme, da die Schwiegermutter des Firmeninhabers gestorben sei; in etwa einer Stunde sei die Beerdigung. Aber da er schon einmal da war, wollte sie bei ihrem Neffen, dem Firmenchef, anrufen, ob nicht trotz all des Wirbels jemand herüberkommen könne. Verlegen setzte sich Björn an den Tisch und nahm dankbar eine Tasse Kaffee, da seine Hände dadurch endlich mit etwas beschäftigt waren und nicht mehr müßig und fehl am Platz auf seinen Knien lagen.

Zehn Minuten später kam der Inhaber selber, anscheinend froh, für ein paar Minuten aus allem herauszukommen, so daß Björn die gewünschte Wolle für seine Mutter bekommen konnte. Er wollte sich gerade verabschieden, als der energische Mann, der schon seine besten schwarzen Hosen anhatte, ihn zur Beerdigung einlud. Da man sich so viel Mühe mit ihm gemacht hatte, kam er nicht umhin dankend anzunehmen, zumal man ihm sogar eine schwarze Jacke lieh.

Mit Mühe und Not quetschte sich der junge Mann in die letzte Reihe der überfüllten Kirche. Vorne stand der aufgebahrte Sarg, wie ein Fels in der Brandung der schwarzgekleideten, schwitzenden Körper. Ein kleiner Chor mit überaltertem Sopran krähte auf der Empore: »Näher mein Gott zu dir«; dann, nach einer kurzen Predigt, setzte sich der Zug zum nahegelegenen Friedhof in Bewegung. Am Grabe wurde wieder gesungen und gebetet, bis die Zeremonie mit den üblichen Worten beendet wurde.

Björn wollte sich schon vorsichtig zurückziehen, um seine Jacke und die Wolle zu holen, als der Schwiegersohn der Verstorbenen auf ihn zutrat und ihn zur Nachfeier einlud. Er meinte, daß er, als Dank dafür, daß er zur Beerdigung gekommen sei, sich wenigstens satt essen solle, bevor er heimkehre.

Mehr und mehr füllten sich die unübersichtlichen, nach heißem Kaffee und Blumen duftenden Räume. Weiß gedeckte Tische waren mit Geschirr und Kuchentabletts beladen. Linkisch stand der Seemann an der Wand, wo er immer wieder von den vorbeigehenden, sich begrüßenden Leuten angestoßen wurde, so daß er sich, nachdem er das

Gedränge leid war, an einen der Tische setzte. Links von ihm hockte ein spindeldürrer Mann, der vergeblich versuchte, seine Beine unter dem Tisch unterzubringen; seine rechte Nachbarin war eine kleine, zusammengeschrumpfte, zahnlose alte Frau, die ihm breit lächelnd Kaffee einschenkte.

»Essen sie, trinken sie, wer weiß, wann sich die ganze Familie wiedersieht. Haben sie sie noch gesehen?« fragte sie auf ihren Kuchen einstechend. »Was für eine schöne Leiche. – Aber sie haben ja gar keinen Kuchen!«

Mit emporgezogenen Augenbrauen häufte sie ihm staubtrockenen Streuselkuchen auf den Teller, den er mit dem Kaffee, der Tote aufwecken konnte, herunterspülte. Ein eifriges Gesumm überdeckte die Tische, und unzählige Gesprächsfetzen verirrten sich zu Björn, der immer verwirrter dreinblickte. Wieder und wieder goß die alte Frau seine Tasse voll, so daß seine Augen zu flimmern begannen, und er den Eindruck hatte, daß ein unkontrollierbares Muskelzucken von ihm Besitz nahm.

Auf einmal prügelte sein Nachbar mit seinem Löffel ohrenbetäubend an seine Tasse, entfaltete seine Glieder und schlug vor ein Lied zu singen. Machtvoll, wie der Wind über ein Feld, wogte der Gesang durch die Räume: »Jesu, geh voran auf der Lebensbahn, . . .«

Auf der gegenüberliegenden Tischseite zitterte von innerer Regung übermannt ein weißer Patriarchenbart, und fleischige Nasenflügel pumpten im Takt. Andere standen auf, sprachen über die Verstorbene, erzählten von ihrem Leben, von Erlebnissen, über die Familie. Aber immer wieder rauschte der Gesang auf: ». . . denn durch Trübsal hier geht der Weg zu dir.«

Björn kämpfte damit, die Eindrücke zu ordnen, die seine überreizten Sinne empfanden. Jedoch war der Kampf vergebens. Auf der anderen Seite des Raumes stand ein beleibter alter Mann auf, knöpfte mit Mühe seine Jacke über dem Bauch zu und blickte über die Menge hinweg.

»Liebe Brüder und Schwestern im Herrn, liebe Familie, meine Freunde! Als der einzige noch lebende leibliche Bruder unserer Verstorbenen möchte ich euch ein Wort des Herrn sagen. Im zweiten Kapitel des Buches Kohelet spricht der Prediger folgendes: ›Denn man gedenkt des Weisen nicht immerdar, ebensowenig wie des Narren, und die künftigen Tage vergessen alles‹. – Ihr wundert euch sicher, warum ich euch diesen Vers sage, ich gebe zu, er ist ungewöhnlich für Beerdigungen, aber der Vers hat recht, wir Menschen sind so. Darum laßt uns erinnern, solange wir es können.«

Und wieder quoll das Gespräch auf, brauste in Björns Ohren, bis der Gesang es übertönte: ». . . richte unsern Sinn auf das Ende hin.«

Familiengeschichten, Anekdoten, Histörchen, Bibelstellen, Kindergeschrei und immer wieder Kaffee. Der Raum begann sich zu drehen, die Wände neigten sich vor, lauschten den Menschen, den Familienmitgliedern aus Strendur, Funningur und Elduvik, die Decke des Zimmers nickte im Takt des Herzschlages, zahnlose Münder lachten schallend, die großporige Nase pumpte, sperrige Gliedmaßen knackten gequält. Schwankend richtete sich Björn auf ohne zu bemerken, daß sein Stuhl umfiel, tastete sich zur Tür und wurde von der singenden Trauergemeinde hinausgespült.

»Ordne unseren Gang, Jesu, lebenslang . . . tu uns nach dem Lauf deine Türe auf.«

Nach Luft schnappend kleidete er sich rasch um, nahm sein Paket und taumelte zur Fähre, die ihn nach Thorshavn brachte.

Spät am Abend kehrte er bleich und ausgemergelt nach Hause zurück.

»Hallo«, seufzte er, als er das Wohnzimmer betrat und sich in die erstbeste Sitzgelegenheit fallen ließ. »Wo sind deine Eltern?« fragte er Solveig, die alleine da war. Sie klemmte ihren Finger in das Buch, das sie gerade las, und meinte, daß sie nebenan bei den Nachbarn seien. Jetzt erst betrachtete sie ihn und fragte erstaunt, was denn passiert sei, woraufhin er ihr die Erlebnisse des Tages berichtete.

Als er langsam zum Ende kam, meinte er: »Eigentlich wollte ich dir heute eine andere Geschichte erzählen, als ich es tun werde, aber die Erlebnisse, die ich hatte, gestern nacht, heute, die Gespräche, die ich hörte, die Menschen, die ich sah . . . Es wird etwas anderes werden?« Er lehnte sich vor und stützte seine Ellbogen auf die Knie. »Es wird etwas ganz Triviales sein, etwas über Liebe, Tod und das Vergessen.«

Kein Sperling fällt . . .

Ich will erzählen, ja erzählen, denn nur das gesprochene Wort lebt. Du siehst Lippen, die sich bewegen, Augen, die dich anschauen, einen Menschen, der sich mitteilt. Ich glaube wirklich, daß wir mit den Worten versuchen, ein Stück unseres unverhüllten Ichs über die große trennende Barriere zu bringen, zu einem anderen denkenden, fühlenden Wesen. Nicht wenn wir bloß reden, aber vielleicht wenn wir etwas sagen, etwas aussagen, wenn wir etwas aus uns heraus sagen. Doch ich schweife ab, denn du willst eine Geschichte hören.

Denk an das Dorf Funningur; siehst du es, wie es an den Hängen haftet? Vereinzelte Häuser, die sich mehr und mehr zur Talsohle hin zusammenballen, tief unten im rieseligen Zeittrichter einer gewaltigen Sanduhr. In ein wehendes Grau gehüllt schaut das Dorf aufs Meer, das hier so trügerisch ruhig wirkt. Laß uns durch die wenigen Straßen gehen, an den kleinen bunten Fenstern vorbei. Stockfleckige Gardinen breiten ihre filigranen Finger schützend über die Tomatenpflanzen und die wenigen Blumen aus. Johannisbeersträucher in den Gärten und die großen Blätter des Rhabarbers, der sich in der kargen Landschaft lüstern ausbreitet.

Kinder und Hunde lachen trappelnd durch die Gassen, – du stutzt? Du meinst sie trappeln lachend durch die Gassen, aber in den traumversunkenen Stunden, den wenigen, die Kinder auch nur haben, ist ihre Fortbewegungsart ein Lachen, das trappelnd die Berghänge hinauf- und herunterrutscht. Was sie wohl spielen, Wikinger beim Angriff auf ein irisches Kloster? Aber die despotischen

Antennen auf den Dächern zeigen, daß auch hier Cowboy und Indianer gespielt wird. Ich will nicht behaupten, daß die Kindheit die schönste Zeit des Lebens ist, denn die Kinder sind da anderer Meinung. Für sie ist es eine Zeit voller Unsicherheiten und Ängste. Und trotzdem hört man Kinder durch die Straßen laufen, spielend, sich balgend, lachend und schreiend. Merkst du wie sie jetzt langsam in der Dämmerung verhallen? Bald werden die Türen aufgehen und Mütter schauen heraus, nicken den Nachbarinnen zu, die wie ein Spiegel dasselbe tun, und rufen laut in die lauernde Stille. Jetzt in der erwachenden Dunkelheit atmet das Dorf auf und streckt sich, so daß die Entfernungen immer größer werden, und die Mütter in immer weitere Tiefen hineinrufen, bis sie ihre Kinder erreichen. Stille legt sich um das warm leuchtende Leben, das in den Häusern tickt. Doch wir wenden uns ab und blicken in die Nacht.

Hörst du ganz entfernt immer noch das Rennen von Kinderfüßen, das aus vergangenen Jahren herüberschallt? Ja, da laufen noch drei, – immer weiter hinein in die Erinnerung. Gisli, Astrid und Gorm, drei Kinder aus Funningur, drei langbeinige, schlaksige, wild tobende Sturmwirbel, die überschäumend ihr Unwesen treiben. Sie sind Kinder von Fischern, und man kann vorhersehen, daß zumindest Gisli und Gorm auch Fischer werden, während Astrid in einer Fischfabrik arbeiten wird. Doch noch sind sie in einem Alter, in dem es keine Unterschiede gibt, und in dem sie vor allem keine künstlichen Unterschiede schaffen. Gemeinsam verleben sie die kostbaren Ferien, fahren mit den Vätern zum Fischfang oder klettern in den Klippen. Und manchmal sieht man sie wirklich das alte Wikingerspiel spielen. Astrid und Gorm belagern todesmutig einen Felsen, auf dem Gisli als irischer Mönch hingebungsvoll paternosternd seinen Weinkeller verteidigt. Oder Astrid ist das normannische Burgfräulein, das der Wikingerhäuptling Gorm mit seiner Mannschaft entführt, die dem Geräusch nach, das Gisli von sich gibt, aus zwanzig ausgewachsenen Kriegern besteht. An manchen Tagen aber liegen sie bäuchlings im Gras, direkt an der Abbruchkante der Steilküste. Sie schauen aufs Meer und Gisli erzählt, sie säßen auf einem riesigen Schiff, das in den Atlantik treibt. Dann schildert er ihnen Kuba, an dem sie vorbeifahren, oder die brasilianischen Urwälder mit ihren Papageien. Sie steuern durch die Hudson Bay, und Gisli beschreibt den verwahrlosten Trapper, von dem sie Pelze einhandeln. Er malt ihnen das Leben in Iglus vor Augen, die sie auf der Entdeckungsfahrt der Nordwestpassage in Kanada sehen. Die Beringstraße hinab zu den Alëuten, wo das Gras vor ihren Augen zum dem Dickicht wird, aus dem der Kodiakbär stürzt, den Gisli mit einem Taschenmesser erlegt. Nun steuert er die polynesischen Inseln an, doch da wirft sich Gorm auf den Träumenden, so daß sie ineinander verkrallt ein Stück den Hang hinabrollen. Laut schimpfend schlägt Astrid auf die beiden ein, denn sie wollte mehr von den Inseln hören. Aber es dauert nicht lange, da rennen sie wieder versöhnt, wenn auch etwas verbeult, hinab ins Dorf, um als gefürchtete Diebesbande unter der Leitung des Meisterdiebes Gorm Johannisbeeren aus den Gärten zu klauen. An manchen Tagen kannst du aber auch Gisli allein auf der Spitze der Klippen sehen, wie er die Vogelschwärme beobachtet. Mit zwei Rhabarberblättern in den Händen steht er da, schlägt mit seinen grünen Flügeln auf und ab, schließt die Augen und lächelt. Nicht weit entfernt verbergen sich Gorm und Astrid, um ihren fremden Freund verstohlen zu beobachten.

Doch lassen wir die Fäden der Geschichte locker und schwimmen durch die vorbeitreibenden Jahre. Wie eine große Wasserfläche schwebt die weiche Zeit um uns, trägt uns über die kalten Wogen. Treibgut strömt an uns vorbei, Erinnerungen an vergangene Ereignisse und Menschen. Hin und wieder zupfen auch alte Gefühle an uns, wie unsichtbare Fische in der Tiefe. Ändert sich etwas im Laufe der Jahre? Ich weiß es nicht, aber hier und da ist ein neues Haus gebaut worden und ein altes verschwunden. Jedoch die Menschen scheinen dieselben zu sein, vielleicht etwas älter. Immer noch schauen die Mütter hinaus und schlingen die Kette ihrer Sorgen und Liebe um die Beine der laufenden Kinder. Ihre Stimmen suchen wie Fangarme im Grau der Weite, aus dem dann auch nach und nach die Vermißten auftauchen, aber sie schauen begehrlich zu der kurz genossenen Freiheit, wie ein Mann nach einer schönen Frau.

Horchst du wieder in die Stille? – Nein, es ist wirklich ruhig, bis auf das Schwatzen der Wellen an der Hafenmole. Kein Nachzügler bummelt mehr herum, denn Gisli, Gorm und Astrid laufen nicht mehr mit den anderen. Weit hat uns der Schwall der öligen Zeit getrieben; zehn Jahre sind versickert, und die Schulzeit ist vorbei. Gisli und Gorm, nun 18 Jahre alt, fahren täglich hinaus auf See, um ihren Lebensunterhalt zu verdienen. An Land sieht man sie oft beisammen, und sie könnten Brüder sein, so ähnlich sehen sie sich. Beide pflegen ihre Männlichkeit, die aus ihren Gesichtern sprießt, und spreizen die Schultern in ihrer groben Kleidung. Du lachst vielleicht über sie, aber jeder von uns hat eine Eitelkeit, die er eifrig hütet, außerdem sind normale Menschen zum Sterben langweilig. Nun –, Gisli und Gorm stehen an der Kaimauer und schauen aufs Meer; so ähnlich sehen sie sich und sind doch so verschieden. Gorm will sich in ein paar Jahren mit einem anderen zusammentun, um sich einen eigenen Kutter zu kaufen. Umsichtig und zielbewußt, wie der Wikingerhäuptling in ihren alten Spielen, hat er alles bedacht und berechnet, so daß er in der Lage ist, monatlich Geld für eine eigenständige Existenz zurückzulegen. Klar wie die Straße zum nächsten Dorf sieht er sein zukünftiges Leben vor sich und ist zufrieden.

Gisli hingegen möchte bloß Steuermann des Kutters werden, auf dem er arbeitet. Lange wird dies nicht mehr dauern, denn Sigurd, der jetzige Steuermann, wird bald in den Ruhestand treten. Er liebt es, das Ruder in den Händen zu halten und zu fühlen, wie der mächtige Organismus des Schiffes langsam reagiert und dorthin fährt, wohin er ihn haben will. Oft steht er am Kai oder auf dem Deck des Schiffes, den Horizont mit seinem fernen Blick umfangend.

An Land hält er sich oft bei den Kindern des Dorfes auf, die ihn heiß und innig lieben, auch wenn viele Eltern meinen, daß er einen schlechten Einfluß auf ihre Sprößlinge ausübe, aber hin und wieder kommt es vor, daß Kinder klüger sind als ihre Eltern. Oft steht er am Hafen, umringt von einem Kreis leuchtender Augen, die gebannt auf seine Hände schauen. Ein Stein, ein Stück Holz, ein Seilende mit einem Knoten, ein Tangklumpen und vieles mehr, alles verändert sich und gewinnt Leben, so wie er es in seine Hände nimmt. Mit den unglaublichsten Requisiten führt er Puppentheaterstücke auf, fängt eine Welt ein, um sie dann wie einen Schatz vor seinen Hörern auszubreiten. Er ist ein fliegender Händler in Sachen Träumen, Sehnsucht und Phantasie.

Auch er sieht sein Leben vor sich wie einen Weg, wie einen Trampelpfad in einer Wiese mit vielen Abzweigungen, von denen er nicht weiß, welche die richtige ist. Aber gerade deshalb ist er glücklich.

In besonders glücklichen Stunden kommt es vor, daß Gisli zu der Vogelklippe geht, um die Vögel zu beobachten, und wenn ihn keiner sieht, breitet er auch jetzt noch die Arme aus, um sich wie die Sturmtaucher in die Luft zu werfen. Mit geschlossenen Augen atmet er den Sturm ein und öffnet sich der Freiheit.

Weißt du, ich frage mich, wie es kommt, daß so grundverschiedene Menschen wie Gisli und Gorm Freunde sind. Was hält Menschen zusammen, die sich doch eigentlich nicht verstehen können? Sind es wirklich nur die Gegensätze, die sich anziehen, und wenn ja, warum tun sie dies? Man streckt tastend Hände in das Dunkel auf der Suche nach einem Gegenüber, aber haltlos gleitet man ab in der Kälte und Fremdheit . . .

Du willst meine Gedanken nicht hören, ich sehe es dir an. Dich interessiert, was aus Astrid geworden ist, und nicht, daß vielleicht in dir eine schreiende Leere verborgen ist. Nun gut, auch Astrid hat ihre Ausbildung beendet und wird bald in der Fabrik arbeiten. Dies ist keine minderwertige Arbeit, denn die Menschen hier sind stolz auf die Qualität ihres Fisches und der Produkte, die sie aus ihm machen. Außerdem könnten wir Färinger ohne unsere Fischindustrie nicht überleben. Aber zurück zu Astrid; bald wird sie arbeiten, bis dahin hilft sie jedoch ihrer Mutter im Haushalt und bei der Erziehung der kleineren Geschwister. An den Wochenenden treffen sich die drei immer noch, wie in den vergangenen Jahren, streifen über die Insel oder fahren ins nächste Kino. Vielleicht hält sie die Erinnerung an alte Gewohnheiten zusammen, vielleicht gehört aber auch ihr Beisammensein zu ihren Vorstellungen von Zuhause.

Spürst du auch das Ziehen in dir, ein gleitendes Zerren? Weiter treibt sie uns, die Zeit, und trägt uns fort. Wie weit, fragst du, aber was nutzt es? Man kann sich ihr nur anvertrauen, die Arme ausbreiten, sich tragen lassen und ihre Kraft durch sich fließen lassen.

Langsam sinken wir hinab und stehen wieder in Funningur, jedoch drei Monate später. Schau dich um, und genieße die bleiche Sonne, die zittrig über die Bergflanken fühlt. Da vorne, weit entfernt, kommen uns drei Gestalten entgegen, an der Spitze Astrid und ein paar Schritte dahinter Gorm und Gisli. Ein Nachmittag wie schon so viele vorher. Man hatte sie losgeschickt, ein verwundetes Schaf zu suchen, aber es war in den Felsen abgestürzt. Jetzt kommen sie gemächlich zurück und lassen sich von der schwindsüchtigen Sonne den Rücken wärmen. Aber irgend etwas ist anders als sonst, Gisli und Gorms Blicke ruhen auf Astrid vor ihnen, auf der die kranken Golddornen der Sonne spielen. Versunken betrachten sie sie, aber ihr Blick führt sie von dort immer wieder erstaunt in sich selbst zurück. Verstummen quillt in ihnen empor und besetzt ihre Ohren und Münder. Mechanisch bewegen sie sich den Hang hinab, während es in ihnen kreist. Wie kann sich etwas Altgewohntes auf einmal verändern, als zerbräche eine Welt, und eine neue tauche unter den Splittern der alten auf. Einerseits ringen sie mit einer Haltlosigkeit, einem Trudeln in sich, andererseits ruft alles in ihnen: »Ja, so gibt es einen Sinn.« Aber sie wissen nicht, was es für einen Sinn gibt. Unvermutet, als es in ihnen brodelt, schauen Gisli und Gorm hoch; ihr Blick sucht den anderen, zuckt jedoch wie verbrannt zurück, denn jeder erkennt in dem anderen, was er in sich selbst nicht begreifen kann. Leise beginnt Astrid zu singen, doch das massige Schweigen hinter ihr läßt die Töne in ihr versiegen. Wie beiläufig dreht sie sich um, um zu fragen, was los ist, aber ihre alten Freunde sind fort, als hätte es sie nie gegeben. Zwei aufgerissene Seelen blicken sie an, mit Augen, die wie scheugewordene Pferde hin- und herspringen. Im Dorf trennen sie sich, und ein altgewohnter Abschiedsgruß treibt verloren zwischen ihnen.

Eine Freundschaft ist zerbrochen, zurückgeblieben ist ein Minenfeld, ein gefährliches Gelände voller Fallgruben, doch keiner der drei meidet es, nein, noch enger schließen sie sich zusammen.

Aber unaufhaltsam reißt es uns weiter, denn es gibt kein Verweilen. Eine kalte Strömung schwemmt uns hoch, Nebelschwaden ziehen vorbei, beflaggt mit den Schreien unzähliger Vögel. Erst nach einiger Zeit spüren wir eine Strömung, die zögernd die klebrigen Schwaden von uns zurückweichen läßt. Am Rande der Steilküste stehen wir und erahnen die wimmelnde Tiefe unter uns. Mehr und mehr weichen die Wolken, so daß wir nach einiger Zeit Gisli erkennen, der nicht weit von uns entfernt auf der Klippe steht, traumverloren die Arme hebt und mit seinen fliegenden Freunden spricht.

Seine Gedanken kreisen um sein letztes Treffen mit Astrid, als Gorm hatte arbeiten müssen, so daß sie allein gewesen waren. Draußen an der Mole hatten sie gestanden, das Meer betrachtend, und er hatte sich geöffnet wie eine Quelle. Ein Schwall war ihm entströmt, eine Welt von Worten, morgendlich betaut, wie die grünen Hänge der Insel. Er spürte, wie das Mädchen neben ihm sich darauf einließ, wie ihre Gedanken die fremden Weiten betraten. Hingerissen ließ er sich treiben, vertrauensvoll, jedoch schutzlos in fremdem Gewässer, sprach er von seinem Traum zu fliegen. Wenn die weißen Federn von der straffen Luft emporgetragen werden, wenn der Sturm einem ins Gesicht atmet. Kreisen und höhersteigen, mit den kleinen Wirbeln in dem großen Fließen spielen. Die Inseln betrachten, die unter einem vorbeischießen; über die plumpen Schiffe hin, die sich ihren Weg durch die aufgewühlte See graben. Dann wieder an den Hängen emporstreifen bis zu den Spitzen und sich dort in die geballte Wucht werfen. Erst wenn einem der Atem aus der Brust gesogen wird, flieht man zurück zur schützenden Erde . . .

An dieser Stelle hatte er sie angeschaut, aber ihre Augen waren geschlossen. Unschlüssig darüber, ob sie ihn überhaupt verstand, hatte er sie verlassen. Hierhin war er geflohen, entsetzt, daß er sich so hatte gehen lassen, daß er so sein verletzliches Inneres gezeigt hatte. Er hatte Angst gehabt, in ihre Augen zu schauen, wenn sie die geöffnet hätte, wenn er die Gräben des Unverständnisses gesehen hätte. Wie sollte er den lachenden Mundwinkeln begegnen, wie dem Spott in den Augen des Dorfes? Oder hätte sie ihn doch verstanden?

Verzweifelt steht Gisli an der Klippe mit den Armen wedelnd, eine Freiheit, eine Befreiung suchend, die er sonst hier bei seinen Freunden gefunden hat.

Auch wir sind hilflos, und alles war wir sagen könnten, würde er nicht hören. Schattenfiguren sind wir im wehenden Nebel, die sich in ein anderes Leben drängen. Jedoch ein anderer Schatten sickert durch die zähen Schleier heran. Langsam wird die Figur deutlicher, gewinnt an Masse und steht dann als der zielbewußte Gorm vor uns. Wir sehen ihn auf Gisli zutreten, dann diesen sich umdrehen. Jetzt stehen sie sich gegenüber, Auge in Auge, und Gorm beginnt zu reden, schnell, immer schneller, mit einer Leidenschaft, die wir gar nicht in ihm vermutet hätten. Gislis Augen zeigen Erstaunen, Ratlosigkeit, aber auch noch irgend etwas anderes. Unbemerkt schweben neue Wolken auf uns zu; es wird immer schwerer, etwas zu erkennen. Ganz tief in uns spüren wir die strömende Zeit, die bald wieder zu uns kommt.

Plötzlich schießen zwei zitternde Hände vor und vergraben sich in Gislis Jacke. Verloren sehen sie aus diese Hände. Wieder wird geredet, bis Gisli den Kopf schüttelt. – Schau auf die hilflosen Hände, sie stoßen Gisli von sich und lassen los, lassen in ihrer Selbstvergessenheit los. Zwei Arme breiten sich aus, doch diesmal nicht um zu fliegen, Halt suchen sie in der weißen Tiefe, die emporrauscht.

Alles verschwimmt, kaltes Treiben spritzt uns an in den hastenden Jahren. Strudelnd, schmatzend giert die Zeit mit uns weiter. Einen Blick können wir noch auf Funningur werfen: Astrid hat Gorm geheiratet, der jetzt seinen eigenen Kutter hat. Es geht ihnen gut, und wahrscheinlich sind es ihre Kinder, die jetzt durch die Abende rennen, bekränzt von den Schatten der Vergangenheit. Auf dem Friedhof steht ein Holzkreuz, aber niemand liegt darunter, denn Gislis Leichnam wurde nie gefunden. Im Dorf wußte man, daß er oft zu den Klippen ging, deshalb suchte man ihn auch zuerst da, als er vermißt wurde.

Nachdem man ergebnislos gesucht hatte, schrieb man in das Kirchenbuch: »Tod durch Unfall.«

Ein Holzkreuz nur und keine Blumen, ein wenig Moos und Gras . . . Niemand denkt mehr an ihn, dafür hält ihn aber auch nicht die Erde gefangen, ihn, der die Freiheit so liebte.

Das ist alles, was wir noch sehen, denn schon reißt es uns weiter. Nur zwei Stimmen noch, von denen die eine vielleicht Gorm gehört: »Wen hättest du gewählt, wenn Gisli länger gelebt hätte?« . . .

Wild rauscht der Wind in unseren Ohren, als eine

andere Stimme spricht: »Mit Gisli konnte man lachen, verrückte Dinge tun und träumen; . . . mit Gorm kann man leben . . .« –

Dann nur noch der Sturm, aber auch der endet, und wir sind allein mit der Stille.

Du schaust mich so sonderbar an, als ob dich etwas an meiner Geschichte stören würde. Vielleicht, daß sie so ein offenes Ende hat, oder daß es kein glückliches Ende gibt, bei dem man sich gemütlich in den Sessel zurücklehnen kann? Fragst du dich, wie ein Mensch mit einem Mord leben kann? Ich kann dich da beunruhigen, wir Menschen können das. Oder ärgert es dich, daß Gisli gestorben ist? – Es reicht doch, daß er in dieser Geschichte gelebt hat, daß du ihn vor dir gesehen hast, daß du versucht hast, ihn zu verstehen. Nur in Geschichten ist Platz für Menschen wie ihn, auch wenn sie selbst dort sterben müssen, aber wenn du dich seiner erinnerst, lebt er vielleicht in irgendeinem Winkel in dir. – Vielleicht . . .

Frühstücksstreit

Die Federn des Sofas quietschten, als sich Solveig bewegte, die Uhr tickte an der Wand und die Gardine schwankte trunken im warmen Luftzug der Heizung.

»Nein, nein«, sagte das Mädchen. »Gibt es denn nicht etwas Glück, Liebe oder Frieden? Gibt es das denn nie bei dir?«

»Aber sicher doch; Gorm und Astrid lebten glücklich und zufrieden bis zu ihrem Ende. Sie setzten Kinder in die Welt, hatten einen eigenen Kutter und eine Wollfabrik. Familie, Wohlstand und ein langes Leben. Reicht dir das nicht?«

»Ich traue dir nicht, Björn. Irgendwo ist ein Haken an der Sache. – Was wäre denn passiert, wenn Gisli überlebt hätte?«

»Nichts anderes, die Konstellationen hätten sich auch so ergeben. – Die Menschen sagen, sie wollen Glück, aber in Wirklichkeit wollen sie Sicherheit und Beständigkeit. Diese Wünsche setzen sich über kurz oder lang immer durch, denn das Glück ist nicht überlebensfähig.«

»Aber du sagtest doch, sie lebten glücklich und zufrieden bis zu ihrem Ende«, protestierte Solveig.

»Was man so allgemeinhin glücklich nennt.«

»Und ihr Ende?« fragte sie nach einer Pause, in der sie versucht hatte, den bitteren Unterton in Björns Stimme zu vergessen.

»Ihr Ende? – Vergessenheit wie bei Gisli ... Nichts nur Vergessen.«

Die Stimme des Seemanns gluckste, dann begann er zu lachen, freudlos, bis Solveig das Zimmer verließ. Auf der

Treppe hörte sie das Versiegen des schrecklichen Lachens, aber sie kehrte nicht um.

Wenig später kam Sigvat mit seiner Frau heim, doch niemand war mehr im Wohnzimmer. Seine feingliedrige Hand fuhr über die Sitze, er spürte noch einen Hauch von der Wärme derjenigen, die hier gesessen hatten. Dann lehnte er sich an die Heizung, schnupperte die verschmachtete Luft und glaubte die verdursteten Blicke zu fühlen, die hier gefangen waren. Schwer schloß er die Tür hinter sich, das Drückende, das Lastende zurücklassend, vielleicht brachte der neue Tag Neues.

Der nächste Morgen lagerte grau auf den Inseln, plusterte seine Wolken auf und preßte sich Regen ab, der eisig Klaksvik überschüttete. Solveig stand in der Küche am Spülbecken, während Björn und Sigvat am Tisch saßen, Kaffee tranken, beziehungsweise Kreuzworträtsel lösten. Das junge Mädchen, die junge Frau, (wer kann sagen, wo die Grenze ist) – stand schweigsam spülend mit einem kurzen Rock und einem breitgestreiften T-Shirt bekleidet vor dem Fenster. Björn beobachtete ihre schönen Waden und ihre bloßen Füße, dann glitt sein Blick höher zu ihren glatten blonden Haaren, die sie immer wieder mit einer nassen Hand unwillig nach hinten strich. Der milchige Tag hatte ihre ungebrochene Haarfarbe getrübt, und ihre eisgrauen Augen schienen die Arbeit nicht wahrzunehmen, die ihre Hände leisteten. Eine leise Unsicherheit schien sich in den gewohnten Arbeitsablauf einzuschleichen, als spürte sie seinen Blick im Rücken. Björn atmete tief ein: »Ich hatte mir eigentlich vorgenommen, mich nicht mehr zu entschuldigen, Solveig, aber bei dir will ich eine Ausnahme machen. Ich entschuldige mich nicht für die Geschichte, sie hatte wie alle, die waren und wie alle, die noch kommen werden, ihre Berechtigung. Aber die Härte, mit der ich hinterher sprach, war nicht gut. Bitte verzeih mir.«

Solveig hatte aufgehört zu spülen und kaute an ihrer Lippe, dann tauchten ihre Hände wieder ins Wasser. Sigvat, sichtlich peinlich berührt, blickte auf und fragte, ob er hinausgehen solle, aber Björn verneinte entschieden.

Brüsk wirbelte das Mädchen herum: »Warum mordete Gorm, wenn er doch nicht verlieren konnte?«

»Er mordete nicht, er hatte Angst und ließ los. Der Effekt ist zwar derselbe, der Beweggrund jedoch ein anderer. – Er, die starke Persönlichkeit, die zielbewußte Persönlichkeit, die alle Möglichkeiten in der Hand hielt, hatte Angst, etwas zu verlieren, was er nicht verlieren konnte. In dieser Angst erkannte er sich selbst, erkannte, daß seine ganze Stärke und Zielstrebigkeit nur Unkenntnis waren. Schleichender Zweifel, ob die anderen ihn nicht viel eher erkannt hatten, ließen ihn zu der Verzweiflungstat schreiten. Indem er Gisli losließ, ließ er auch den kleinen Fetzen Selbsterkenntnis los, der in ihm gewachsen war . . .«

»Sagtest du nicht, daß du eine ganz einfache, ganz triviale Beziehungsgeschichte erzählen würdest?«

»Ja, stimmt. – Vergiß alles, was ich gesagt habe. – Wir wissen nicht, ob sich hinter dem Offensichtlichen etwas anderes verbirgt. In den meisten Fällen ist nichts dahinter, nur Leere, doch wenn einmal etwas hinter den Dingen oder unter der Oberfläche der Menschen und ihrer Handlungen sein sollte, ist es gefährlich, daran zu rühren. Gefährlich, weil wir mit hineingezogen werden. Wir können nicht frei und unberührt im luftleeren Raum an anderen herumoperieren. – Jeder noch so zarte Griff an die Seele des anderen wird ein eiskaltes Berührtsein der eigenen verursachen.«

Plötzlich unterbrach Sigvat: »Hast du verstanden, was du soeben gesagt hast, hast du wirklich verstanden?« Björn, aus seinem Gedankengang gerissen, blickte ihn scharf an: »Ja, ich habe verstanden.«

»Und du tust es trotzdem?«

»Ja, ich tue es trotzdem.«

»Warum?«

»Könnt ihr mir mal sagen, wovon ihr eigentlich redet?« fragte Solveig, aber die beiden hatten ihre Blicke gekreuzt und achteten nicht auf sie.

»Du fragst warum, wie soll ich dir antworten? Vielleicht ist es besser, nach dem Wozu zu fragen, ein Fragewechsel, den wir immer aufs neue bewältigen müssen. Aber das Warum steht noch zwischen uns ... Hilft es dir, wenn ich sage, daß ich mich selbst sah und erschrak, verstört bis in den Kern? Oder hilft es dir, wenn ich sage, daß ich mich anderen zuwandte, um Hilfe zu suchen, und ich sah das, was ich bei mir entdeckt hatte, bei allen anderen auch? ... Ich versuchte Änderung zu schaffen, bei mir, bei den anderen und versagte schon im Ansatz. – Was wir erreichen, ist nur Trug, Selbsttäuschung, Kosmetik. Änderung aus uns heraus, es gibt sie nicht. Das zu erkennen, ist mein Tagwerk, es anderen bei sich zu zeigen, meine Aufgabe. – Da hast du das Warum und das Wozu.«

»Ich verstehe kein Wort von dem, was du sagst«, meinte Solveig.

»Vielleicht ist es besser, das ruhen zu lassen, alles ruhen zu lassen; vielleicht ist es besser, wieder eine Geschichte zu erzählen von einer Art von Leere und von göttlichem Wahnsinn ...«

Sigvat hatte sich inzwischen zurückgelehnt, die Arme

auf den Stuhllehnen, die Finger dachförmig gegeneinander gestellt und pfiff tonlos vor sich hin. Björn, anstatt mit seiner Erzählung zu beginnen, blickte beiden schonungslos in die Augen und sagte, was sie nicht wissen, was sie nicht hören wollten.

»Kennt ihr nicht das Gefühl, wenn man nachts im Bett liegt, wenn einen die kahle Zimmerdecke erdrückt? – Wie es schmerzt hinter den Augen, wie es hämmert und pocht, wie es bohrt und dröhnt. Der Kopf wirft sich hin und her, schlägt gegen das heiße, verschwitzte Kissen, schlägt dagegen, immer wieder dagegen, hin und her. Der Mund steht offen, die Zunge zuckt. Die Nacht ist durchschrien von einem unhörbar gellenden Schrei. Hände fahren herum, streifen Decken zurück, werfen sie von sich, die sich klebrig um einen schlingen. – Und Bilder stürzen auf mich ein. Menschenmassen, Männer, Frauen, Kinder, Alte strömen durch Straßen, treiben durcheinander, wimmeln herum. Dann bleibt mein Blick an jemandem hängen, wie ein Fisch an der Angel. Zwanghaft folge ich der Gestalt, die zielstrebig die Menschenmenge zerteilt, in Straßen einbiegt, über Plätze geht, sich durch Gassen zwängt. Immer hinterher, immer dem huschenden Blick folgen, dem geisternden Schatten auf dem Asphalt. An Hauseingängen vorbei, aus denen feuchte Dunkelheit weht, in ein Gebäude hinein, um Treppengebirge zu bewältigen, die zickzackig im Kreis unendlich nach oben führen. Eine angelehnte Tür, ein Zimmer, ein Bett mit einer Gestalt darauf. Ich beuge mich herab, schaue in das Gesicht und schreie, schreie die Treppe hinab, die Straßen entlang, zurück, nur zurück, denn ich sah mich selbst. – Wieder umgeistert mich die Menge, und ich folge einer anderen Gestalt, die gemütlich schlendernd dem Trubel entflieht, verstohlen um sich sieht, dann ein Lied pfeifend ein Stöckchen schwingt. Ein schmieriges Haus türmt sich uns entgegen, in dessen lachender Tür der kleine Dicke verschwindet. Auf und ab gehen vor der gesättigten Fassade, aus deren Ritzen Lachen und Gläserklirren rinnt. Hell leuchten die Fenster, auf denen sich sich umschlingende Schatten abzeichnen. Und zwischen dem Sichwinden lacht auch mein Profil. Bestürzt stolpere ich zurück in den kichernden Schrei zweier Arme, die sich weich um mich legen und mir eine Laterne ins Kreuz pressen. Rote Lippen und noch mehr blicken mich an, und mein leerer Blick spiegelt sich in den Augen, die nichts mehr empfinden, nichts mehr sehen und doch alles kennen . . . Nicht endenwollender Traum tränkt meine schwarze Matratze, auf der ich mich an mir selbst entsetze. – Kennt ihr das? Wenn nicht, seid froh, solange es noch geht. – Aber ich verwirre, verheddere mich . . . Ich will euch nicht meinen nächtlichen Kampf zeigen, nicht meinen, einen anderen . . .«

Eine Art von Leere

Langsam hob sich die Dunkelheit, um einem stumpfen Grau Platz zu machen, das aber nicht lange bestehen blieb, sondern von Minute zu Minute von der Helligkeit zermürbt wurde, bis die ersten Sonnenstrahlen über den Horizont leckten. Rotgolden glühten die Berggipfel auf, von denen Lichtereruptionen unaufhaltsam zur Küste hinabflossen. Während am Himmel der Tag mehr und mehr vorschritt, lag das Dorf Husavik am Fuß der Felsen noch in den letzten, zähen Schatten, aber auch diese waren bald verschwunden, denn das durchdringende Licht breitete sich immer weiter aus. Hell leuchtete die Giebelseite des Hauses auf, die als erstes von der Sonne erreicht wurde. Unbarmherzig legte sich das frühe Licht auf die abbröckelnde Farbe des einzigen Fensters, das den Ostgiebel im oberen Stockwerk schmückte. Unter der abgeplatzten Farbe sah man das morsche Grau des alten Holzes, und auch die sauberen Scheiben wurden nur noch notdürftig von bröckeligem, schwarzem Kitt gehalten.

Kaum hatte die Sonne das Fenster erreicht, so wurde mit einem Ruck die brüchige Gardine zurückgerissen, dann griff eine Hand nach dem Riegel, und das Fenster wurde geöffnet. Eine alte Frau, in ein altmodisches weißes Nachthemd gehüllt, blickte hinaus und blinzelte in die Sonne, deren Strahlen auf ihre verwitterten Gesichtszüge fielen, die ihnen starr entgegengehalten wurden, während der kühle Wind eine Strähne aus ihrem eisgrauen Haarpanzer zu zerren versuchte. Undeutlich bewegten sich die Lippen, bis die Worte nach einiger Zeit deutlicher wurden: »Auch diese Nacht ist vorbei . . . Sie liegt hinter mir.

Schau her! Ich lebe immer noch! ... Ich lebe immer noch, und ich werde auch morgen noch leben und übermorgen ... In drei Monaten werde ich neunzig, und auch dann werde ich leben, will ich leben.«

Langsam und zögernd wandte sich die Frau ab, um sich für den Tag anzukleiden. Einige Zeit später ging sie die Treppe hinab in den kleinen Laden, den sie schon seit fünfundsechzig Jahren führte. Gewohnheitsmäßig huschte ihr Blick über die wenigen Regalbretter, auf denen die Ware ausgebreitet lag. Grundnahrungsmittel nur: Brot, Wurst, Fleisch, Milchprodukte, für Luxusartikel wie zum Beispiel Eis gab es eine Kühltruhe. Außerdem konnte man Nägel, Schrauben, Benzin, Wäscheklammern und anderen Kleinkram bekommen. Die alte Frau wußte gar nicht, warum sie jeden Tag ihr Sortiment betrachtete, denn sie konnte zu jeder Tages- und Nachtzeit auswendig aufzählen, was da war, und was nachbestellt werden mußte. Aber trotzdem flog ihr Blick als morgendliches Ritual über die Ware, dann fischte ihre magere Hand nach einem Schlüssel in ihrer Schürze, mit dem sie die schmale Ladentür öffnete. Wie jeden Morgen trat sie vor das Haus, schaute die leere Dorfstraße entlang, blickte dann zur Küste, ob sie ihren Sohn, Thord den Schwachsinnigen, wie sie ihn nannte, den Schäfer des Dorfes, sehen konnte. Aber wie an den meisten Tagen, war er auch heute nicht zu sehen. Geistesabwesend wischte sie den übernächtigten Regen von der Bank, die neben der Tür stand. Dann riß sie sich zusammen und meinte halblaut: »Träum nicht, Alfdis! Los, geh in die Küche und mach Frühstück!«

Während sie die Brote schmierte und heißen Kaffee in einen grauen Becher goß, versuchte sie sich an ein Lied zu erinnern, das sie früher geliebt hatte, aber in der Menge der Erinnerungen waren die Töne verlorengegangen.

Auch das Essen schmeckte nicht, denn es war immer dasselbe, allein die Gewohnheit vollführte die mechanischen Kaubewegungen. Aber du mußt essen, dachte Alfdis, du willst ja leben. Denk daran, jeder Bissen Brot ist Energie, Energie ist Zeit, und Zeit bedeutet Leben. Es ist lächerlich, daß du verlangst, daß das Brot nach neunundachtzig Jahren noch schmeckt. Nichts schmeckt mehr nach neunundachtzig Jahren, denn es gibt nichts Neues mehr, alles ist abgestanden und schal. Aber es bedeutet Leben, und Leben ist das einzige, was noch schmeckt.

So saß sie da, kaute bewußt auf jedem Bissen herum, trank jeden Schluck Kaffee mit Konzentration und stellte sich vor, wie in ihrem Magen alles in Energie, in Wärme umgewandelt wurde. Ja, in Wärme, denn in letzter Zeit war ihr immer kalt. Wie oft lag sie im Bett, gegen die eisige Kälte kämpfend, die in ihr hochstieg. Aber solange man Angst hatte, konnte man noch kämpfen, nur Gleichgültigkeit war tödlich.

Jetzt war das Frühstück beendet, und Alfdis warf einen Blick in den Laden, ob schon Kunden da waren. Da das nicht der Fall war, begann sie die paar Geschirrteile zu spülen, um die Einsamkeit zu vertreiben, die schmutziges Geschirr immer verbreitete. Abgehärtet tauchten ihre Hände in das heiße Wasser. Wie häßlich waren doch die Hände alter Menschen, dachte sie. Man sagte immer, das sei nur äußerlich, innerlich wäre man der Mensch von vor dreißig, vierzig, fünfzig Jahren, aber das war Blödsinn. In diesen alten Händen steckte nichts von früher. Sie fühlten nicht wie früher. Die Jugend starb in einem, wenn man älter wurde. Es blieben vielleicht Erinnerungen, aber das waren Gespenster. Was man hatte, waren einfach alte Hände, brüchige Knochen, knotige Gelenke und ledrige, gelbe Haut; völlig unbrauchbar, aber man hatte nichts anderes.

Nachdem sie die wenigen Teile weggeräumt hatte, stand sie da und sah zu, wie das trübe Wasser im Ausguß verröchelte. Dann wandte sie sich der Treppe zu, die sie überwinden mußte, um oben das Bett in Ordnung zu bringen. In den letzten Jahren war die Treppe immer länger geworden, die Stufen immer höher, aber man mußte hinauf, um die alltäglichen Dinge zu verrichten. Wenn man dies nicht mehr tat, begann das Ende. Sie konnte sich schon die hämischen Frauengesichter im Dorf vorstellen, wie sie »die arme Alfdis« zischelten. Entschlossen richtete sie ihren Blick nach vorne und rief: »Los Beine, geht!«

Auf das schwache Geländer gestützt, stapfte sie nach oben, bis sie vor dem schwarzen Sarg ihres Ehebettes stand. Seit fünfzig Jahren hatte sie dieses nächtliche Grab für sich allein, aus dem ihr die weißen Laken entgegenleuchteten. Leise stöhnend beugte sich Alfdis vor und zerrte an den widerspenstigen Tüchern, aber auch diese Arbeit wurde erledigt. Etwas außer Atem stützte sie sich auf das Fußende des Bettes, doch sofort richtete sie sich wieder auf und staubte den Bilderrahmen ab, der an der Wand hing. Selbst in stockfinsterer Nacht glaubte sie die feingestickten Buchstaben an der Wand zu sehen, die ihr ihre Schwester zur Hochzeit geschenkt hatte: »Mein Kind, achte nicht gering die Züchtigung des Herrn und verzage nicht, wenn du von ihm gestraft wirst. Denn welchen der Herr lieb hat, den züchtigt er; er geißelt einen jeglichen Sohn, den er aufnimmt.«

»Gott muß mich über alles lieben«, murmelte sie. Die Schwester war schon ein boshaftes Miststück gewesen. Doch nichts Böses über die Toten, denn sie war in geistiger Umnachtung gestorben und lag seit zwanzig Jahren unter der Erde.

»Aber ich lebe noch!«

Auf einmal meckerte die Ladenglocke empört auf, so daß Alfdis so schnell es ihr möglich war, nach unten ging. Eine junge Frau aus dem Dorf stand vor der Kühltruhe und streichelte versonnen mit einem Finger die Kälte, als Alfdis aus der Küche in den Laden trat. Es entwickelte sich das übliche Geben und Nehmen von Ware und Geld, während beiläufig nichtssagende Konversation getrieben wurde. Allerdings war die alte Frau heute ziemlich einsilbig, weil sie noch in ihrer oben gelegenen Witwengruft verhaftet war.

Alfdis geleitete die Kundin zur Tür und setzte sich draußen auf die Bank mit ihrem Blick der jungen Frau folgend, die, leicht in den Hüften schwingend, die Straße entlangging. So jung war sie auch einmal gewesen, jung, schön und lüstern. Alle hatten ihr nachgeschaut, wenn sie über die Straße ging. Wie schön waren ihre Tanzfeste gewesen; in einem Jahr hatten sich zwei junge Männer um sie geprügelt. Mit dem Sieger war sie dann gegangen. Daß edle Frauen zu den Verlieren standen war Unsinn, erstens gab es keine edlen Frauen, zweitens zeigte sich im Verlierer nur Schwäche. Ja, sie war mit dem Gewinner gegangen, Gunnar, den sie später geheiratet hatte.

Stöhnend streckte Alfdis die Beine in die Sonne. Gunnar – dieser Hundsfott! Das einzig Gute an ihm war, daß sie durch ihn den Laden bekommen hatte. Fünfzig Jahre war er tot, aber über diesen Toten nichts Gutes! Sie hatten sich geliebt, mit einer viehischen Liebe, die bald erstickt war. Gunnar trank, er soff, er hurte herum und prügelte sich bei jeder Gelegenheit. Wenn er keinen Saufkumpanen hatte, mit dem er sich schlagen konnte, dann prügelte er

Alfdis und Thord, seinen Sohn. Sobald sie die Augen schloß, konnte sie Gunnar sehen, seinen roten, haarigen Leib, der nach Schnaps stank, wie er die Treppe hinaufgröhlte und sich in das Doppelbett warf . . . Später lag er dann da, schnarchend, sinnlos betrunken. Sie verkrampfte sich neben ihm und betete zu Gott, daß er sie von diesem Mann befreien solle und ihr noch viele schöne Jahre schenken möge.

Alfdis ballte die Faust und blickte in die Sonne, vor der mehr und mehr Wolken vorbeizogen. – Gunnar lebte, soff und prügelte noch ein Jahr weiter, so daß nach einer Schlägerei in Thords Verstand irgend etwas zerbrach. Einen Monat später fand sie ihren Mann morgens tot im Dreck liegend vor dem Haus. Danach hatte sie noch »viele schöne Jahre«; fünfzig Jahre mit einem schlechtgehenden Kramladen und einem »Idioten« an der Seite. Was für ein zynischer Gott war das! Bitter lachte die alte Frau und ging wieder in den Laden, um die frische Ware in die Regale zu legen.

Müde stützte sie sich auf die Theke und beobachtete die verschrumpelten Muskeln, die an ihren Armen nervös zuckten. Wie die Regale, so war auch ihr Leben, voller verstaubter, trockener Erinnerungen. Alles war brüchig und braun von alten Wasserflecken. Man konnte sich noch so anstrengen, alles in Ordnung zu halten, nichts Glänzendes war dabei.

So stolperte der Tag dahin, humpelten die Stunden vorbei; einige Kunden, geringer Umsatz, viel nichtssagendes Geschwätz. Langsam wurde der Nachmittag grau, so daß Alfdis das Licht anschaltete. Das Licht der Lampe erhellte nicht, dachte sie, es schuf nur Leere in dem Raum. Auf einem alten Holzstuhl hatte sie sich niedergelassen, hinter dem Ladentisch mit dem Gesicht zur Tür, denn es hätte immer noch ein verspäteter Kunde kommen können.

Wie die Gezeiten schwappten ihre trüben Gedanken in regelmäßigen Abständen zu Thord, ihrem Sohn. Oft schon hatte sie sich gefragt, ob sie ihn liebte, doch mehr und mehr mußte sie erkennen, daß Liebe für sie nur ein totes Wort war. Das einzige, was Thord für sie bedeutete, war eine Pflicht, eine bittere Pflicht, die ihr das Leben aufbürdete oder Gott, wer wußte es? – Wo mochte er wohl sein, was mochte er wohl tun? In den letzten Jahren kam er immer seltener, aber sie nahm es ihm nicht übel, denn sie wußte, daß sie keine gute Mutter war. Eher wunderte sie sich, daß er überhaupt noch hin und wieder zu ihr fand. Die meiste Zeit verbrachte er bei seinen Schafen, er schlief sogar in einem der alten Steinställe, die halb in die Erde gesunken waren. Kein Wunder, daß er verwildert aussah, aber das störte sie nicht, auch nicht sein Schafgestank, aber was in ihr die kalte Wut hochspülte, war sein idiotisches Reden.

Unbeachtet trugen ihre Füße die alte Frau in die Küche, um wieder einmal Essen zuzubereiten. Die runzeligen Handruinen strichen über den Tisch, bevor sie das Geschirr darauflegte. Plötzlich bimmelte die Ladenglocke, und sie hörte tastende Schritte, die sich langsam durch das sumpfige Dunkel des Ladens arbeiteten. Still wandte sie der Tür den Rücken zu, schälte Kartoffeln und rief hinaus: »Setz dich an den Tisch, Thord, aber zieh vorher deinen Mantel aus!«

Sie hörte, wie nasser Stoff an nassem Stoff rieb, aber immer noch drehte sie sich nicht um, als hätte sie Angst, ein scheues Tier zu verjagen. Dann endlich drehte sie sich um, denn sie hörte nichts mehr und fragte sich, ob sie sich die Schritte nur eingebildet hatte. Mitten in der Küche stand ein großer Mann von etwa sechzig Jahren mit wirrem grauen Haar und ebensolchem Bart. Er blickte nicht zu der alten Frau als er sprach, nur eine Hand bewegte sich in seiner Hosentasche, das war das einzige Lebenszeichen an ihm.

»Hallo, Mama«, sagte er.

»Setz dich an den Tisch, es gibt Bratkartoffeln. – Hast du gehört? Es gibt Bratkartoffeln.«

Sie wollte gerade auf ihn zugehen, als er plötzlich zurückwich, dann resignierte er und setzte sich. Eifrig schepperte Alfdis in den Schränken herum, bis sie einen zweiten Teller für Thord gefunden hatte, den sie vor ihn hinstellte. Während die Kartoffeln in der Pfanne spritzten, starrte der Mann zum Fenster hinaus, wobei seine Hände flach auf dem Tisch lagen.

»Es ist dunkel draußen.«

Alfdis wollte schon zustimmen, als er fortfuhr: »Es ist dunkel hier drinnen, und auch in mir ist es dunkel.«

Als hätte ihr jemand die Sprache abgewürgt, ging sie zum Herd und wendete die Bratkartoffeln.

Schweigend aßen sie, nur das Klappern des Geschirrs kämpfte gegen die gedrückte Atmosphäre. Nachdem Alfdis gesättigt war, lehnte sie sich zurück, um Thord zu beobachten.

Gierig aß er, wobei er das Besteck kindlich ungeschickt hielt. Man konnte sehen, daß ihm die Bratkartoffeln und das Brot mit der frischen Butter schmeckten. Ein Bissen nach dem anderen verschwand zwischen den feuchten Lippen, die im grauen Gestrüpp blinkten. Nachdem die letzte Kartoffel vertilgt war, nahm er ein Stück Brot, um den Teller abzuwischen. Alfdis dachte, wie leicht es sei, so eine gottverlassene Kreatur glücklich zu machen. Aber gottverlassen, waren sie es nicht beide? Ja sie waren es, und das war der bessere Teil, denn lieber gottverlassen als seine schmerzvolle Gegenwart zu erdulden. Fast meinte sie, einen Funken von Liebe für ihren Sohn zu empfinden, darum fragte sie ihn, ob er heiße Milch mit Honig wolle, das hatte er als Kind immer gemocht. Thord nickte und lachte laut ein perlendes Lachen, das ihn etwas von der gedrückten Stimmung zu befreien schien. Genüßlich trank er die heiße Flüssigkeit, bis auch der kleinste Rest vertilgt war, und nur noch einige weiße Tropfen in seinem Bart hingen. Leise vor sich hinsummend, säuberte er friedlich seine Fingernägel und sagte plötzlich, daß er Gott gesehen habe. Ruckartig hob Alfdis den Kopf: »Red keinen Unsinn!«

»Doch, ich habe Gott gesehen«, antwortete Thord sanft. »Als kleines Kind lief er über Sandoy nach Husavik, bis zu mir. Schrecken war in seinen talarschwarzen Augen, und er rief mir zu, daß er verfolgt würde. Ich öffnete meinen Umhang, um ihn mit der schützenden Wärme zu umgeben, doch ich bin nur ein schwacher Mensch, ein Narr, wie du immer sagst . . .«

Ganz abwesend klang die Stimme des alternden Mannes bei seinen letzten Worten. Dann strahlten seine Augen wieder auf, und er fuhr fort: »Nur einen Moment drückte ich den kleinen Jungen, der Gott war, an mich, danach hielt ich ihn an seiner schmal-weißen Hand, die aus einem zerrissenen Pullover strahlte, strich ihm durchs strähnige Haar und sagte ihm, daß ich ein Versteck wüßte, wo ihn niemand finden würde. Ganz klein kribbelten seine Finger in meiner Hand, als wir über die Weite liefen. Ich verbarg Gott zwischen zwei Moospolstern und deckte ihn mit einem Grashalm zu. Tau lag auf seinen tiefen Augen . . .«

»Thord«, sagte seine Mutter, aber er hörte nicht.

»Schmetterlingsübersäte Vögel stürzten aus dem Astloch des armseligen Himmels, wimmelten über die Insel, spähten über die Ferne, gleißten durch die taxusdunklen Schatten und schrien seinen Namen, immer wieder seinen Namen. Eine schmerzende Wunde klaffte in meinem Ohr, bis ich meinen Mantel nahm, um ihn über dem Himmel lodern zu lassen. So daß der spitze Schmerz im filzigen Loden verdorrte. Vorsichtig näherte ich mich dem Versteck, darauf achtend, daß keine tollwütigen Hunde mich sahen, doch er war verschwunden, nicht mehr da. Bäuchlings robbte ich durchs Moos, suchend, forschend, mit sich windenden Fingern, die wurmgleich Leere fraßen. Ich richtete mich auf, schrie, aber nur wollgrassamenhafte Köpfe dümpelten in der Luft und lachten. Federig gellte der Spott an mich heran, der ich den Grund zerwühlte. Nichts war da, er war fort – Gott war gegangen. Schmerz umklammerte meinen Nacken, preßte sich an mich . . .«

Starr saß Thords Mutter am Tisch, die Hände ineinander verkrampft. Die Worte schnitten tief in sie ein, und sie wußte, daß sie das Wahngebäude zerschlagen mußte, denn er konnte, er durfte dort nicht weiterleben. Behutsam nahm sie seine Hand, so daß sein ferner Blick zu ihr fand.

»Thord, du träumst. Du träumst wie früher, als du klein warst. Weißt du noch, wie du dann immer nach mir riefst, bis ich kam, um dich zu trösten?«

»Nicht immer kamst du; es kam auch ein anderer, ein wütiger Schatten, dessen Fäuste mich blau in den Schlaf zurückzwängten. Ein Haß, der mich hochzerrte, der meine Knochen zu tönendem, wimmerndem Staub zerrieb.«

»Das mag ja alles wahr sein«, erwiderte Alfdis, »aber ich will dir doch nur klarmachen, daß das, was du mir erzählt hast, nicht wirklich ist. Bestimmt hat sich ein Kind aus dem Dorf ein Scherz mit dir erlaubt. Es war jedenfalls nicht Gott, den du gesehen hast.«

Die alte Frau atmete tief ein, um trocken zu bemerken, daß Gott nicht zu einem spräche, er schlüge einen nur.

»Die Leute in der Kirche sagen, daß wir Gott umgebracht haben, aber er rächt sich dafür täglich, stündlich. Jeden einzelnen von uns bringt er langsam um, windet uns langsam das Leben aus der Hand, saugt uns den Atem aus der Brust. Dabei ist er so grausam, daß er uns hier und da ein bißchen Glück zukommen läßt, damit uns bewußt wird, was uns fehlt, und damit wir merken, was uns geraubt wird. Das ist Gott, kein kleines Kind! Alles ist ein Kampf, ein verzweifeltes Ringen, das ich aber nicht aufgebe. Nein, ich klammere mich an jede Sekunde des Kampfes, denn solange man dies noch kann, lebt man. Und ich habe viele überlebt.«

Ruhig glitt seine Hand über den Tisch und umfaßte die ihrige, wie sie es vorher mit seiner getan hatte. Die schwieligen Finger schlossen sich um die kläglichen Reste des Alters, um eine Wärme in sie zu pumpen, die ihr schon seit vielen Jahren fremd war. Unerträglich empfand sie seine strahlenden Augen.

»Doch, Mama, ich habe ihn gesehen. Ich hatte ihn gefunden und verloren. In meiner Leere rannte ich von meinen Schafen weg, warf mich zu Boden und schrie mein Leid trommelfeurig in Erde. Mein Stöhnen fraß sich in den Fels, bis mich plötzlich sein Lachen emporriß. Es warf mich hoch und durchpulste mich. Erschrocken tat ich meine Augen auf, in die brummkreiselnd ein Bild stürzte, so daß sich meine Trauer verflüchtigte. Ein nackter Mann, ein Riese, rannte die Berge hinauf, wobei sich lebendige Muskelstränge um ihn schlangen, sich an seine Knochen knoteten. Schamhaft wollte ich mich von seiner Nacktheit abwenden, als er schon die Spitze der Insel erklommen hatte, die Arme emporriß und ein Lachen über das Land fluten ließ, so daß mein Blick sich wieder an ihn heftete ... Mama, es war das Lachen des Kindes, das ich so gesucht hatte. Der Riese war das Kind ... war Gott.«

Von einer Regung überwältigt, schluchzte er auf, und schwimmende Augen drängten über den Tisch zu der alten Frau. Doch diese entzog angewidert ihrem Sohn die Hand. Blind und geschlagen suchten seine Finger etwas auf dem Wachstuch, das nicht da war. Alfdis fragte sich, ob sie Thord aus seinem Wahn herausreißen konnte, und ob sie es überhaupt sollte. Vielleicht war er glücklicher so, glücklicher als sie, die alles klar erkannte. Nicht sehen müssen, nicht sehen können; in seltenen heimlichen Minuten sehnte sie sich danach, aber nein, man durfte nicht weich werden, dann war man verloren.

Inzwischen schlug Thord regelmäßig wie eine Uhr gegen das rechte Tischbein, wobei sich sein Oberkörper hin und her wiegte. Mit geschlossenen Augen summte er ein altes Kinderlied, während ein silbriger Speichelfaden in seinen Bart sickerte. Alfdis wußte, daß er so stundenlang verharren konnte, deshalb heftete sie ihren Blick auf seine hohlen Wangen und fragte, um ihn aus seinem tranceähnlichen Zustand zu reißen, was weiter geschehen sei. Stockend berichtete Thord, daß er emporgerissen wurde.

»Plötzlich stand ich oben neben ihm, so klein, so furchtbar klein. Er aber, er beugte sich zu mir herab und zog mich an sich, wie ich es vorher mit ihm getan hatte ... Dann fand ich mich bei meinen Schafen wieder auf dem Rücken liegend, und Gott verschwand singend hinter dem Berg. Meine Beine rissen mich hoch, rannten mich ein Stück den Berg hinauf, aber Erschöpfung trat mir in die Knie. Überall griff Holziges nach mir, und eine Menge umdrängte mich mit leeren Gläsern, die sie mir entgegenhielten. Ich heulte auf, schrie, schlug um mich, riß mir diese Menschen in Fetzen aus der Seele. Doch sie klammerten sich an mich, prügelten auf mich ein mit ihrem Grinsen, mit ihrer Gier. Verloren wäre ich gewesen, verloren, wenn nicht sein gewaltiger Schatten über den Berg gewachsen wäre, der die Maserung des Grüns verschlungen hätte und die Menge erdrückt hätte. Noch einmal hörte ich sein Lachen, dann war ich allein, nur meine Schafe waren um mich versammelt. – Frische Milch, Brot und eine Zeit des Schlafs . . .«

Alfdis war aufgesprungen und ging, so schnell es ihr Alter zuließ, in der Küche auf und ab; als aber sein Reden immer wirrer wurde, blieb sie stehen und schrie: »Thord, sei still! Ich kann dein Reden nicht mehr ertragen, diesen Schwall voller Wahnsinn. Du bist verrückt, verrückt. Will das denn nicht in deinen beschränkten Schädel hinein? Du idiotischer Bastard, Sohn eines Bastards! Erst zerstört dein Vater mir mein Leben, dann verreckt er, läßt mir aber dieses blöde Stück zurück. Lägst du doch in der Erde, mit zwei Metern Felsgeröll über dir, anstatt daß du mir deine Wahnvorstellungen ins Ohr plärrst. Und red mir nie mehr von Gott, hörst du? Red nie mehr von Gott, er ist nur einer, der wegsieht, der wegnimmt, der weggeht.«

Thord hatte die Augen geschlossen und wiegte sich wieder hin und her, als hätte er den hysterischen Ausbruch seiner Mutter nicht bemerkt. Als sie dies sah, schlug sie ihm mit geballter Faust ins Gesicht, aber die Kraftlosigkeit des Alters ließ keinen Schaden entstehen. Blitzschnell ergriff er ihre Hand, so daß seine Mutter aufstöhnte, erst dann öffneten sich seine Augen, denen Alfdis auszuweichen versuchte.

»Das hättest du nicht tun sollen, Mama. Warum tust du das? Warum willst du mir nicht zuhören? – Nie will jemand zuhören, Mama.«

Weiterhin hielt Thord ihre Hand fest wie in einem Schraubstock. Unendlich langsam führte er sie um den Tisch herum, legte ihr seine andere Hand auf die Schulter und drückte sie auf den Stuhl. Hinter ihr stehenbleibend, legte er seine Hände locker, fast zärtlich, um ihren Hals. Zum ersten Mal in ihrem Leben hatte sie Angst vor ihm, aber sie traute sich nicht, etwas zu sagen oder sich zu bewegen. Verträumt spielten die Finger mit der Ziehharmonikahaut an ihrem Hals, dann aber ließen sie los. Wie ein Blinder ging er zwei Schritte, blieb stehen und begann wieder zu sprechen, über den Kopf der Mutter hinweg zum dunklen Fenster.

»Ich lag bei den Schafen und schlief und träumte, und ich träumte eine Blume. Erst drang eine kleine Spitze aus der Erde, die wuchs und schwoll, bis ein saftstrotzender, mit prächtigem Laub versehener Stengel dastand. Dann erstrahlte die Sonne, so daß sich nach und nach eine Knospe bildete, die immer größer und dicker wurde. Zu diesem Zeitpunkt stellte sich auch eine Biene ein, die erwartungsvoll um die Knospe flog. Aber die Knospe blühte noch nicht auf, sie wuchs noch. Schließlich war sie prall und voll, so daß man durch die grünen Kelchblätter die Farbe der Blüte erahnen konnte. Die Biene zog weiter ihre Bahnen um die Blume, nichts geschah. So wurde mit der Zeit der Flug der Biene langsamer und müde, bis sie sich erschöpft auf die Knospe setzte, um dort weiter zu warten. Es geschah immer noch nichts, und ich schrie im Schlaf, flehte die Blüte an, sie möge sich öffnen. Vergebens. Eines Tages fiel die Biene tot herab. Nicht lange mehr blieb die Knospe prall und voller Kraft, sie begann zu schrumpeln, wurde von Tag zu Tag schwärzer und verfaulte, bis der Gestank alles verpestete. Dann plötzlich öffnete sie sich, und es floß grünlich-gelb den Stengel hinab. Die Blume war zerstört.«

Tief atmend, als wäre er gerannt, sackte Thord auf seinen Stuhl.

»Hörst du es lachen? – Warum lacht es so? Jemand greift nach mir und bohrt seinen Finger kalt in meine Lungen. – Überall sind borstige Blicke; sie spähen durch Schlüssellöcher und Mauerritzen. Eine Stimme schreit in der Nacht: ›Visionen sind verboten!‹ Warum jault der Mond zu? Mama, hörst du es nicht jaulen? Mama!«

Die alte Frau reagierte nicht, in eisiger Ruhe saß sie da, griff neben sich in einen Korb und begann zu stricken. Es dauerte noch einige Zeit bis er ruhig wurde und auf den Tisch starrte. Später zog er eine Schublade auf, holte einen Zeichenblock hervor und begann zu malen und zu schreiben. Still saßen sie beisammen, etwa eine Stunde lang; ein friedliches Familienbild. Dann stand die alte Frau auf: »Komm Thord, geh ins Bett, es ist Zeit zu schlafen.«

Daraufhin nahm sie den großen Mann an der Hand und ging mit ihm nach oben. Als er im Bett lag, blickte er die alte Mutter an: »Schlägt er dich noch?«

»Nein«, antwortete Alfdis, »er ist seit vielen Jahren tot, ein Haufen Knochen nur noch, ein Festmahl für die Würmer.«

Ein grimmiges Lächeln setzte sich in ihrem Gesicht fest.

»Er schlägt dich noch«, meinte Thord, ». . . mich schlägt er nicht mehr. Ich bin frei, bin befreit. Er ist weg . . . aber dich schlägt er immer noch.«

Dann drehte er sich zur Seite und krümmte sich zusammen wie ein Kind im Mutterleib.

»Sing mir ein Lied, Mama«, bat er schon halb im Schlaf.

Ein Lied, dachte sie, sie konnte keine Lieder mehr. Bevor sie das Zimmer verließ, beugte sie sich noch einmal über ihren Sohn, um die Decke zurechtzuziehen.

»Da läuft er . . . der kleine Junge«, murmelte Thord. Kalt richtete sie sich auf, zitternd strich die Zunge über ihre schmalen Lippen. Nicht sang sie, denn die Musik war in ihr erstorben, aber ein paar Verse aus einer alten färöischen Ballade warf sie ins Dunkel des Raumes; es waren die Verse, die ihr am Morgen nicht hatten einfallen wollen:

»Gudrun gakk i kjallaran,
blandadi miød og vin,
og so mikid óminni
lat hon harúti.

Allt so mikid óminni
lat hon harúti,
bar so inn firi Sjúrd hin unga,
bad hann drekka til sin.

Drekka fór ai dýran dramm,
drakk af horninum leingi,
Sjúrdur misst minni allt,
og bøta kann hann eingin.

Ta id hann hevdi drukkid,
greiddi hann aftur ker,
hana mintist ei á frú Brinhild
og ikki hvar hann er.«

(Gudrun ging in den Keller,
mischte Met mit Wein,
großes Vergessen
gab sie hinzu.

All das große Vergessen
gab sie hinzu,
so brachte sie es Sigurd dem Jungen,
bat ihn zu trinken.

Kostbaren Trunk trank er,
trank lange aus dem Horn;
Sigurds Erinnerung all schwand,
nichts brachte ihm Heilung.

Da er getrunken hatte,
gab Gefäß er zurück,
nicht wußte er von Frau Brinhild,
noch wo er war.)

Die Tür schließend, flüsterte sie: »Vergiß!« Langsam ging sie die Treppe hinab, löschte das Licht im Haus, räumte die Küche auf. Gleichgültig ergriff sie den Zeichenblock, um ihn zurück in die Schublade zu tun, doch da fiel ihr Blick auf das sinnlose Gekritzel. In ungelenken Buchstaben hatte Thord Wörter aneinandergereiht, hin und wieder auch Sätze gebildet: ». . . Visionen verboten! – ja, ja . . . Zähne nagen an den Ecken des Raumes und verschlingen ihn Stück für Stück. Nur der Spiegel lacht unsichtbar im dunklen Krieg. – Bitterkeit ist eine Blume, die niemals blüht. – Staub frißt in meinen Ohren. Staub, überall ist Staub, nur Staub, Staub, Staub. – Es ist so grau hier, so leer . . .«

Mit einem Ruck schloß die alte Frau die Schublade, löschte die letzte Lampe und ging zu Bett. In dem einen Zimmer lag Thord versunken in tiefem Schlaf, in dem anderen lag Alfdis im großen, schwarzen Ehebett und kämpfte den Kampf, den sie jede Nacht austrug. Den Kampf gegen das Dunkel, gegen die Zeit, gegen die Nacht, auf daß sie am Morgen wieder sagen konnte: »Schau her! Ich lebe noch, ich lebe immer noch.«

Doch noch war es nicht so weit, noch war Nacht. Zäh tropften die Minuten vorbei, rannen die Stunden hinweg; alles schien stillzustehen, und die alte Frau sprach zu sich: »Schlage Herz, schlage! Eins, zwei ... eins, zwei ... eins, zwei ... Lungen, atmet! Erst ein, dann aus, dann wieder ein und jetzt aus, das Leben hinein, den Tod hinaus ... Blut, fließe! Ströme durch mich hindurch, wärme mich! ... Knochen, haltet zusammen, und ihr Muskeln entspannt euch, sammelt Kraft für den neuen Tag ...«

Finsternis lagerte im Haus, auf dem Dorf und auch auf dem Meer, das einschläfernd rauschte. Die Nacht war noch lang, schrecklich lang.

Die Zeit war unmerklich verstrichen, so daß sich die kurze Phase des Wintertageslichtes zu neigen begann. Sigvat atmete tief ein, sammelte mühsam Speichel und spuckte den toten Geschmack, den er im Mund hatte, in einen Blumentopf, während Solveig, die sich schon vor geraumer Zeit hingesetzt und ihr Gesicht in den Händen verborgen hatte, fast nicht wahrnehmbar zitterte. Björns Onkel öffnete und schloß ein paarmal seinen Mund, als sei ihm seine Stimme abhanden gekommen: »Du zerstörst und reißt ein und zerbrichst . . .«

»Und du tust weh«, vollendete das Mädchen mit feuchten Augen, in dem vom Druck der Hände geröteten Gesicht.

»Eine Art von Leere«, fuhr Sigvat zögernd fort, »aber es gibt unzählig viele. Ich denke jeder von uns kennt seine persönliche Leere, ich, du, Solveig, und du selbst, Björn, auch. – Du ziehst uns hinein in das Nichts, um das wir uns sonst immer vorsichtig herumtasten, von dem wir unseren Blick abwenden, dessen Kälte sich schaudernd in unseren Rücken frißt. – Aber es gibt doch Hilfe, sprichst du nicht von ihr?«

»Das tut er doch. Hast du es nicht gehört?« warf Solveig hämisch ein. »Was er gegen unser Unausgefülltsein setzt, ist der Schwachsinn, die Idiotie. Jenseits des Abgrundes gibt es für ihn nur den Zynismus.«

Fassungslos blickte Björn auf, bis ins Tiefste seiner Seele verletzt. Wie vorher Sigvat, versuchte er jetzt etwas zu sagen, doch kein Wort fiel ihm zu, ihm, der vorhin so beredt gewesen war. Ohne auf ihren Ton einzugehen oder sich von Björns Hilflosigkeit ablenken zu lassen, fuhr Sigvat fort: »Genau, das ist der Punkt. Thord ist der Gegenpol der Geschichte, aber ist er wirklich verrückt, wie die alte Frau sagt und glaubt? – Ich weiß es nicht – ich bezweifle es. Er leidet an Angstzuständen, Verfolgungswahn, aber er erkennt die Dinge und die Menschen, in diesem Falle seine Mutter, klar. Etwas klar zu erkennen, kann in den Wahn treiben.«

»Klar, wo ist in seiner Rede Klarheit? Ist nicht alles verschwommen?« entgegnete seine Tochter. »Erinnere dich, wie er über Gott redete, Gott als Kind, als nackter Riese und als Lachen! Das ist doch nicht normal, nein, viel schlimmer, das ist Irrsinn, Irrlehre!«

»Aber Solveig, es ist doch nur eine Geschichte. Verlier nicht den Sinn für das rechte Maß.«

Mit immer größerer Erregung war der Seemann dem lebhaften Wortwechsel gefolgt, jetzt lehnte er sich zurück und warf einen Satz in die Pause, die entstanden war.

»Aus dem Munde der Unmündigen ist ihm Lob zugerichtet.«

»Da hörst du es, er meint es nicht nur als Geschichte, er will etwas Allgemeingültiges sagen.«

Angesichts der Erregung seiner Tochter blickte er zu Björn und hob resignierend die Hände.

»Warum darf ich nicht über unseren Glauben, warum darf ich nicht über Gott in dieser Weise reden? Kann er uns nicht mit der Naivität eines Kindes begegnen und uns klein machen? Kann uns seine überschäumende Vitalität nicht begeistern? Darf ich sie nicht als nackten Riesen schildern oder zum Beispiel als Pferd, das nach dem Winter zum ersten Male auf die Weide kommt und seine Lebenslust nicht herausschreit, sondern herausrennt? Kann uns sein Lachen nicht von uns selbst befreien?«

»Aber Thord ist verrückt . . .«

»Verrückt! Sind wir nicht alle verrückt, verschoben, aus der richtigen Richtung geraten? Wenn ich wählen könnte zwischen unserer Verrücktheit und diesem göttlichen Wahn, ich weiß nicht, wie ich mich entscheiden würde.«

»Du bist unmöglich!« fauchte sie und verließ türknallend den Raum.

Die beiden Männer blieben still zurück und dachten nach. Nach einer Weile spann Sigvat die Unterhaltung fort.

»Hatte ich recht mit meiner Warnung vorhin?«

»Ja, sie hat mich ebenso verletzt wie ich sie – aber ich würde es wieder tun.«

»Du bist ein harter Mensch.«

Björn hielt sich die Hand vor den Mund und stammelte mit zittriger Stimme: »Nein, nicht hart, hart nicht, ganz und gar nicht.«

Dann stand er auf und ging zum Fenster, um es einen Spalt zu öffnen. Als er sich beruhigt hatte, kehrte er zum Tisch zurück.

»Warum hast du diese Diskussion in Gang gesetzt, die mit Scherben endete? Du hattest doch meine Erzählung verstanden, warum tatest du so, als ob es nicht so wäre?«

»Du bist mir lieb und wert, mir ist wichtig, wie du dich entwickelst. Aber Solveig steht mir noch näher. Ich sah, was in ihr ablief, und das mußte heraus. Das Gift mußte aus der Wunde heraus, die du geschlagen hattest.«

Der junge Mann schüttelte langsam den Kopf: »Ich kann mir nicht vorstellen, daß sie die Worte Thords so getroffen haben.«

»Haben sie auch nicht. Sie nahm sie als Vorwand; was sie traf, war die Leere und die Bitterkeit.«

»Das dachte ich mir«, sagte Björn leise, stand auf und

ging zur Tür. Sigvat blickte zweifelnd zu ihm hoch und fragte, ob er weitererzählen werde.

»Ja, wenn sie noch bereit ist, mir zuzuhören.«

»Was wirst du erzählen?«

»Man muß am Boden liegen, man muß zerbrochen sein, bevor man Hilfe spürt . . .«

»Wer muß zerbrochen sein, sie oder du?«

»Ich weiß es nicht.« Mit diesen Worten verließ er den Raum.

Björn kam nicht zur Ruhe. Die Stunden liefen dahin wie ein Hund, der ziellos herumstreunt und an jeder Ecke sein Bein hebt. Zerfahren war er zu seinen Eltern gegangen, um etwas beim Ausbessern des Daches zu helfen, das an einer Stelle undicht war. In seltener Gemeinsamkeit kniete er mit seinem Vater auf dem Dach und nagelte die widerspenstige Dachpappe fest. Unzufrieden mit sich, seinem Leben, seinem Tun, stierte er hypnotisiert auf die Nägel, die seine Hand in das Dach trieb, bis ein starker Schmerz in seinem Zeigefinger ihn schimpfend zu sich kommen ließ. Ärgerlich stampfte er auf dem Dach herum, die schmerzende Hand schlenkernd, und warf voller Zorn den Hammer hinab.

»Das hat doch keinen Sinn«, sagte sein Vater voller Gemütsruhe.

»Du sagst es, nichts hat einen Sinn«, knurrte er mit einem Bein auf der Leiter, um den Hammer wiederzuholen. Mißmutig forschten seine Hände im struppigen Zwielicht der Büsche, die im Garten seiner Eltern wuchsen. Als er ihn gefunden hatte, stieg er wieder nach oben und arbeitete verbissen weiter. Nach einer Weile war sein Vater mit seinem Teil fertig, stand auf, um unschlüssig auf seinen Sohn herabzusehen; aber es trennte sie zu vieles, als daß er jetzt einen Zugang zu ihm hätte finden können. Darum gab er nur kurz Anweisung, daß er die Leiter wegstellen solle, wenn er mit der Arbeit fertig sei.

Wenig später packte der Seemann das Werkzeug zusammen und blickte hinab zum Fjord. Dann setzte er sich rittlings auf den Dachfirst, packte den Holzknauf am Giebel und pfiff dem schläfrigen Abendwind zu, der zwischen den Mülltonnen auf der Straße spielte. Fest preßte er die Knie auf das Dach, beugte den Oberkörper vor, um dann mit der freien Hand auf die Dachpappe zu schlagen. Mit dem aufziehenden Abend johlte eine Windböe von Norden heran, so daß die mürrischen Blecheimer auf der Straße vor Schreck zu klappern anfingen. Der Nachbarshund jaulte auf, als ihm der erste Windstoß einen Guß eisigen Regen ins Fell nagelte. Björn schrie auf: »Komm her, du wilde Jagd; ich jage mit!«

Wild spritzte die nachtgetränkte Böe heran, umhalste ihn, warf ihn fast um und ließ ihn sturmtrunken zurück.

Plötzlich fiel ein Lichtschein unten in den Garten.

»Kommst du rein, Björn? Wir wollen essen.« Mit einem trockenen Knacken schloß sich die Tür, so daß die Dunkelheit sofort wieder das verlorene Terrain zurückeroberte. Widerstrebend stieg er eine Sprosse nach der anderen hinab, hinab in den Alltag, hinab zur Familie, zu den Eltern, Großeltern, Onkeln, Tanten, Geschwistern und zu Solveig. Zögernd verharrte er am Fuß der Leiter, blickte noch einmal sehnsüchtig zum Dach, aber man konnte und durfte nicht allem entfliehen. Seufzend schulterte er die lange Holzleiter und trug sie zum Schuppen.

Quietschend öffnete sich die windschiefe Tür und schlug im Takt zum Atem der Nacht an die Wand. Eine verstaubte Glühbirne ließ ihr warmes Gelb in die Schatten sickern. Wie lange war er hier nicht gewesen? Er wußte es nicht mehr. Gereizt schloß er die Tür, deren Klappern ihn störte, und hängte die Leiter auf die Haken an der Wand. Was hier alles kunterbunt durcheinander gelagert wurde, Reliquien der Kindheit: alte Rollschuhe, Kinderbücher, ein Fahrrad, sein alter Holzroller, an dessen Lenker er sich so oft die Finger eingeklemmt hatte. Seine Hand fuhr über den vertrauten Griff, wie klein er damals gewesen war, aber war diese Zeit verloren? Nein, wenn er ganz still in sich hineinhorchte, konnte er den kleinen Jungen von damals wiederfinden, der in einem verschwiegenen Winkel unbeschwert spielte. Er war ihm heute besonders nahe, das spürte er. Vielleicht lag es am Schuppen, vielleicht aber auch an seinem Ritt auf dem Dach. Die Zeit vergessend, schaute er sich weiter um: leere Flaschen, ein zerschlissener Kinderwagen mit alten Sammelalben gefüllt. Wie wichtig waren sie ihm und seinen Freunden damals erschienen. Die Freunde, ja ... An der Wand hing eine alte Sense mit verrostetem und schartigem Blatt; vorsichtig nahm er sie von der Wand herab und wischte die Spinnweben ab. Die alten Griffe schienen ihm etwas zuzuwispern, als er sie spielerisch in der Mitte des Raumes schwang, jedoch verstand er nicht, was sie ihm erzählten. Dann schulterte er die Sense und trat vor einen trüben Spiegel.

»Na, du kümmerlicher Bruder Hein?« meinte er grinsend zu seinem verschwommenen Spiegelbild. Als nächstes fand er einen gewaltigen Tauchsieder, der einmal zum Taufbecken der Kapelle gehört hatte, als es dort noch kein warmes Wasser gegeben hatte. Warum mochte ihn sein Vater bloß verwahrt haben? – Ein Teil nach dem anderen stellte er an seinen Platz, ging zur Tür, die Hand am Lichtschalter, und blickte noch einmal prüfend zurück.

Die geschlossenen Türen und Schubladen eines kirchenbankbraunen Schrankes raunten ihm lockend zu, aber er mußte zum Essen. Ich muß noch einmal hierher, bevor ich wieder wegfliege, dachte er, als er zum Haus ging.

Während des Essens fragte er, ob er am nächsten Morgen den Wagen haben könne, er wollte nach Norddepil, seinen alten Freund Knut besuchen. Als er die alten Alben gesehen hatte, war ihm sein Freund und Schulkollege wieder eingefallen, unbegreiflich, daß er ihn hatte vergessen können. Er war zum Glück ein Mensch, bei dem man unangemeldet hereinschneien konnte. Nach dem Essen kehrte Björn in Onkel Sigvats Haus zurück und ging früh zu Bett, froh, daß er Solveig nicht begegnet war.

Das Lenkrad vibrierte in seiner Hand, und seine Schenkel scheuerten über den abgewetzten Sitz des alten Volvos. Die Straße folgte der Küstenlinie bis auf die Höhe der Insel Kunoy und bog dann ins Landesinnere ab, wo sogleich der Anfang des ersten Tunnels war. Undurchdringlich scharte sich die Finsternis um die kleine, kreisrunde Helligkeit weit voraus. Eineinhalb Kilometer, schnurgerade, der Wagen schien stillzustehen, aber irgendwann war das Ende erreicht. Ohne zu überlegen, fuhr Björn den Wagen an den Straßenrand, anstatt gleich den zweiten Tunnel anzusteuern, stellte den Motor ab und blickte hinaus auf den Arnalfjördur. Drei, vier Züge aus einer Zigarette, die zerknautscht herumgelegen hatte und die dann unschlüssig wieder gelöscht wurde. Würde sich der Freund verändert haben, fragte er sich. Wieviel hatten sie gemeinsam erlebt, gemeinsam unternommen, Gedanken ausgetauscht, Unsinn geredet. Der kleine, drahtige Mann mit den blonden Haaren, mit dem roten Gesicht und dem übergroßen Schnauzbart. Wie energiegeladen er immer gewesen war, welche Pläne sie zusammen geschmiedet hatten. Vor einem Jahr hatte er Helga, eine gemeinsame Freundin, geheiratet – ideal. Wahrscheinlich hatten sie schon ein Kind, fruchtbar, wie die Insulaner waren. Aber warum nicht? Der Seemann startete den Motor, er machte sich zu viele Gedanken. Schnell durchfuhr er den zweiten Tunnel und erreichte bald Norddepil, wo er das Auto am Dorfende bei der Jugendherberge abstellte.

Für einen Moment blieb er still vor der Tür stehen und hörte den ungestörten Lauten des Lebens auf der anderen Seite zu. Schritte, ein Ruf, Türenquietschen, Geschirrklappern, aber auch schweigsame Pausen, die jedes Haus durchatmen. Immer größer wurde die Tür, immer dicker das Holz, das ihn ausschloß, das als Barriere vor ihm aufgetürmt war. Von jäher Verzweiflung angesprungen, klopfte er.

»Björn!« schrie Knut, der mit einem Abtrockentuch in der Hand geöffnet hatte. Spontan umarmte er ihn, der verlegen lächelnd in der Tür stand, und zog ihn hinein in den Raum, dem er vorher von draußen zugehört hatte. Sie sprachen, erzählten, erinnerten sich, lachten und planten, wie in alten Tagen. – Fast wie in alten Tagen, denn immer wieder hatte Björn den Eindruck, daß er abseits stand, sich, Knut und Helga, die sich zu ihnen gesetzt hatte, zuhörte. Mit dem Erfolg, daß er sich immer bewußter in das Gespräch stürzte, und doch konnte er die Echtheit und das innere Angerührtsein von früher nicht wieder herstellen. Erschöpft löste er sich von dem falschen Eifer, um einen kleinen Spaziergang vorzuschlagen.

Während Helga das Mittagessen zubereitete, drehten sie eine Runde durch das Hafengelände Norddepils, wanderten dann gemütlich über den Damm nach Hvannasund, um dort der schmalen Küstenstraße zu folgen. Die Hektik war aus ihrem Gespräch verflogen, so daß sie nur hin und wieder – und dann meistens Knut – eine Bemerkung fallen ließen. Am Ende des Dorfes stand ein alter Holzschuppen, hinter dem sie sich setzten. Lange saßen sie so da, blickten auf den Fjord und zu den schroffen Felshängen auf der anderen Seite, schwiegen und spielten mit den Knochenteilen von Fischen und Krebsen, die überall herumlagen.

»Es macht mich glücklich, daß du zu mir gekommen bist«, meinte Knut schlicht. »Wir haben immer auf deinen Fahrten für dich gebetet.«

Björn blickte ihn an: »Habe ich das so nötig?«

»Kannst du sagen, daß du es nicht nötig hättest?«

»Entschuldige. – Natürlich ist es nötig.« Dann, nach einer Pause: »Für andere beten ja, – aber für mich selbst ... Es fällt mir oft so schwer ... Es geschieht so wenig ...«

Eine Zeitlang saßen sie noch dort, bis sie den Rückweg antreten mußten. Knut gehörte, wie auch Sigvat, obwohl sie sehr verschieden waren, zu den Menschen, mit denen man nie über Nebensächliches sprach. Im Haus angekommen aßen sie gemeinsam, sprachen miteinander, und es kam sogar etwas von der anfänglichen Fröhlichkeit wieder auf. Helga berichtete, daß sie im neuen Jahr ein Kind bekommen würde, woraufhin Björn pflichtschuldig alle Register der angemessenen Reaktion zog. Vom erstaunten Augenbrauenhochziehen über das tiefsinnige Kopfnicken zum freundlich-bewegten Glückwunsch, der den Eltern stolze Freude rot ins Gesicht trieb, bis schließlich ein scherzhaft angewandtes Bibelwort dieses existentielle Thema zu einem befriedigenden Abschluß brachte. Alle drei waren froh, daß das Kind zur Zeit noch nicht da war, denn dann hätte die gesellschaftliche Konvention eine noch viel zeitraubendere Behandlung erfordert.

Nach herzlichem Abschied fuhr Björn pfeifend nach Hause. Sie hatten sich zwar alle verändert, aber doch war es wie früher gewesen, irgend etwas hatte überdauert. Knut hatte schon immer die Dinge direkt ansprechen können, auf eine manchmal naive, doch zutiefst treffende Art und Weise; und er war glücklich, solange er sich zurückerinnern konnte war er glücklich gewesen, unbewußt, unreflektiert, einfach glücklich – penetrant glücklich. Björn schämte sich seiner Gedanken, seines Neides. Nicht daß er unglücklich wäre, das konnte und durfte er nicht sagen, aber Glück? So eines wie er gesehen hatte, kannte er nicht. Nur den Schattenbereich dazwischen kannte er, eine undefinierbare Lähmung. Vielleicht gehörte ein besonderes Talent dazu, glücklich zu sein. Wenn man nur aus sich ausbrechen könnte, dachte er, als er das Auto in die Garage fuhr.

Schnell, um nicht weiterdenken zu müssen, strebte er dem Hause des Onkels zu. Das untere Stockwerk war hell erleuchtet, und ihm fiel wieder ein, daß heute seine Eltern zum Kaffee eingeladen waren.

Das Wohnzimmer war noch leer, als er eintrat, und der Stimmenwirrwarr schien aus der Küche zu kommen. Die geschlossene Tür im Rücken musterte er den Raum, in dem er in den letzten Tagen so oft gewesen war. Der niedrige Tisch in der Mitte war ausgezogen worden, um das eine kalte Ordnung ausstrahlende Sonntagsporzellan zu tragen. Um den Tisch herum gruppierte sich ein Sammelsurium von Sitzgelegenheiten, zum einen das alte, frisch aufgebürstete Sofa, belagert von einer Heerschar messerscharfer Kissen, die versuchten so viel Platz wie eben möglich einzunehmen, um so dem weiblichen Ideal von Bequemlichkeit nachzueifern. Eine Reihe von charakterlosen Küchenstühlen und einige wenige Sessel, die den feindlichen Angriffen widerstanden und ihre herbe Gemütlichkeit behalten hatten, ergänzten die Runde. Hier ließ sich Björn nieder, um seinen Blick weiter im Raum schweifen zu lassen. Das lückenlose Gebiß der Teppichfransen grinste ihn, mittels eines Kammes peinlich genau ausgerichtet, an. Angewidert floh sein Auge zu den bunten Kunstdrucken an den Wänden, die vereinzelt zwischen den Wandlampen hingen. Wie konnte Onkel Sigvat hier nur leben? Wahrscheinlich überließ er die Räumlichkeiten Tante Maria, um ungestört seinen Liebhabereien, Schallplatten und Büchern, zu frönen. Björn drehte sich halb zu dem Regal hinter sich um, in dem sich ein Band an den nächsten schmiegte, so daß sich die überfüllten Bretter durchbogen. Eine alte Ausgabe der »Pilgerreise«, mehrere Bibelübersetzungen, das »Verlorene Paradies«, die »Göttliche Komödie«, einige Werke von Plato und Kierkegaard, ein Bildband über Israel, die »Edda«, eine Reihe von Sagas, Ovids »Metamorphosen« und vieles mehr.

Der junge Mann blätterte in einem Band mit Gedichten, als die anderen schwatzend ins Zimmer traten und sich gemächlich einen Platz suchten. Onkel Sigvat, Tante Maria, Solveig, seine Eltern, Halfdan mit Frau und eine Freundin Tante Marias aus der Nachbarschaft. Die Geräuschkulisse der Familie erfüllte den Raum, überdeckt vom Kaffeeduft, in dem sich hin und wieder der Geruch von Weihnachtsgebäck bemerkbar machte, wie die Spitzendeckchen auf dem dunklen Grunde des Tisches. Die Gespräche wehten, durch die Vielzahl der Stimmen ihres Inhaltes entleert, zu ihm heran.

Auf einmal fiel die Hülle der jahrelangen Bekanntheit und Gewohnheit von ihm ab, so daß er sie für einen Moment wie völlig Fremde betrachten konnte. Zu seiner Linken saß sein Bruder Halfdan, ein untersetzter, grobschlächtiger Mann mit einer großporigen Nase, die zu einem Säufer hätte gehören können, wenn nicht sein ganzes Gesicht von der Hitze des Raumes und der Kunst des Rasierens gerötet gewesen wäre. Neben ihm hockte seine Frau vogelartig auf der Kante des Sofas, den Kopf vorgeneigt, mit leicht vorquellenden Augen, die lächelnd auf die Nachbarin, die völlig formlos in einem altertümlichen Kleid steckte, gerichtet waren. Ab und zu, anscheinend wenn es besonders interessant war, ließ diese ihre Puddinghand auf die knochigen Knie seiner Schwägerin fallen. Als nächstes folgte sein Vater, der schweigsam Kuchen in den schmalen Mund seines kantigen Gesichtes schob. Die kurzen weißen Haare lagen ausdruckslos glatt an seinem Kopf an und ließen nichts von seinem inneren Wesen nach außen dringen, sofern dort überhaupt etwas war. Seine Mutter, der Falten efeugleich über ihre Züge sprossen, um so den Nährboden für das Alter vorzubereiten, war in ein Gespräch mit Tante Maria vertieft, wobei sich ihr grauer Haarknoten in fortgeschrittener Auflösung befand. Tante Marias Mund, zwischen Apfelbacken, einer winzigen Nase und diversen Kinnen, in ihrem an Rundungen reichen Gesicht, führte ein bewegtes Eigenleben.

Als sein Blick auf Sigvat fiel, sprang in seinem Kopf wieder etwas um, so daß er bei allen die altgewohnten und geliebten Züge wiederfand. Wer waren nun die wirklichen Menschen, fragte er sich, die, die er schon immer gekannt hatte, die ihn ein Großteil seines Lebens umgeben hatten, oder die, die er eben gesehen hatte? Als letztes schaute er zu Solveig, die, wie es dazu kam wußte er nicht, direkt neben ihm saß. Voller Schrecken schlug er die Augen nieder, denn sie musterte ihn so intensiv, wie er vorher die anderen betrachtet hatte. Ob sie wohl in seinen Augen gesehen hatte, wie er die anderen wahrgenommen hatte? Fragend blicke er hoch, doch in Solveigs Gesicht, das ihm immer noch zugewandt war, konnte er nichts lesen.

Plötzlich drang Tante Marias Stimme zu ihm durch, und alle wandten sich ihm zu: »Willst du uns nicht eine von deinen Geschichten erzählen, Björn?«

Völlig überrumpelt, wußte er nicht, was er sagen sollte, bis er bemerkte, daß Solveig leicht mit dem Kopf nickte. Erstaunt und erfreut, daß sie noch etwas hören wollte, bat er um ein paar Minuten Zeit, damit er sich auf eine Geschichte besinnen konnte.

Nachdem ihm das gewährt worden war, kreiste sein Auge noch einmal durch den Raum, bis er auf dem großen, mit Metallkanten versehenen Familienalbum, der Familiengruft, wie er es nannte, hängenblieb. Hier waren Bilder von Menschen eingepfercht, auf engem Raum, mit erdrückenden Blumenranken drumherum, grau, staubig, und jeder der altertümlichen Gestalten wirkte einsam und verloren. Mit einemmal wußte er, was er erzählen würde, auch wenn sich Zweifel wegen des gemischten Publikums breitmachten.

Langsam richtete er sich auf, bat um Ruhe und begann mit zurückgenommener Stimme, fast ohne Betonung, zu sprechen.

Erwartung

Es war nach meiner ersten Fahrt, als ich zu den Färöern zurückkam. Ich hatte meine Ankunft nicht angekündigt, denn ich wollte meine Familie nicht sehen. Warum weiß ich nicht mehr, aber Streit war es nicht, denn ich verstand mich gut mit meinen Eltern und mit meinen Geschwistern.

Meine Hände hielten die Reling umklammert, als sich der Bug langsam in den Hafen Thorshavns hineinschob. Alles war beim Alten, links die Altstadt, rechts die Festung und dazwischen die Hafengebäude, hinter denen die Stadt die sanften Hügel emporschlich. Gerade legte eine der Fähren an, so daß sich die Aufmerksamkeit der Leute dorthin konzentrierte und ich unbemerkt von Bord gehen konnte. Vorsichtig schaute ich mich um, aber ich konnte keine Bekannten ausmachen.

Ein völlig fremdes Empfinden erfüllte mich, als ich mit meinen Koffern durch die Straßen schritt. Nicht mehr die See hatte ich unter meinen Füßen, so daß der Koffer betrunken gegen meine Beine torkelte. Ich mußte tatsächlich die Menschen beobachten, um herauszufinden, wie ich zu gehen hatte. Langsam gewöhnten sich der schwingende Koffer und meine Schritte aneinander, obwohl meine Hand das fremde Gefühl des Koffertragens nicht los wurde.

Schaufenster drängten sich mir auf, altbekannt, denn einmal im Monat fuhren wir zum Einkaufen nach Thorshavn. Alles Vertraute gemahnte mich meiner Eltern, aber ich wollte nicht zu ihnen. Außerdem war ich nur zwei Nächte hier, dann fuhr ich wieder.

Ich schüttelte mein schlechtes Gewissen von mir und bog in eine unbekannte Straße ein. Ein Lied summend schritt ich an den fremden Häusern entlang, blickte um mich, aber ich konnte mich nicht entsinnen, hier je gegangen zu sein, doch ich war mir ziemlich sicher, wo die Straße enden würde. Mein Blick glitt über die Schilder, ob nicht ein bekannter Name zu finden sei, aber die Suche endete schnell, denn ich sah das Schild »Hotel« an einem Gebäude. Zögernd blieb ich stehen, der Gedanke, in der Heimat in ein Hotel zu ziehen, war schon etwas sonderbar. Immer noch stand ich auf der anderen Straßenseite in der Sonne, bis schließlich das Gewicht meines Koffers die Entscheidung brachte. Nachdem die Straße überquert war, öffnete ich die Glastür und trat in die Hotelhalle.

Eine ockerfarbene Sitzgruppe umkränzte einen Tisch mit vergilbten Zeitungen, neben dem eine ekelerregende Plastiklampe verstaubte. An der einen Wand war eine Reihe von Kleiderhaken viel zu hoch angebracht worden und schien wohl eine Garderobe für Suizidgefährdete zu sein. Ich bereute schon meinen Entschluß, überhaupt hier hereingegangen zu sein, aber da ich nun da war, ging ich zur unbesetzten Rezeption.

Hinter dem zerschrammten Tisch hingen an einem Brett einige Zimmerschlüssel, und vor mir stand eine verchromte, anscheinend frisch polierte Glocke, die aber nicht funktionierte, als ich darauf drückte. Aus irgendeinem unsichtbaren Raum drangen die kühlen Klänge der Musik Lenny Tristanos, was mich in Erstaunen versetzte, denn solche Musik hatte ich hier nicht erwartet. Suchend blickte ich um mich, aber niemand war zu sehen. Dann rief ich schüchtern, doch nur die Musik schallte zurück. Resigniert stellte ich meinen Koffer ab und begab mich zur Treppe, um ein menschliches Wesen zu suchen.

Ein hellgrüner Plüschteppich streckte seine gierige Zunge die Treppe hinab, von Messingstangen in seine Form gezwungen. Das kalte Geländer in der Hand, stieg ich nach oben, immer wieder zurückhorchend, ob nicht doch jemand unten war. Dann hatte ich den ersten Stock erreicht und stand auf einem langen Flur. Die Wände, überzogen von einem fleckigen, gelben Anstrich, schienen ebenso wie meine Füße im unnatürlichen Grün des Teppichs zu versinken. Mein Blick irrte durch den Gang, von dessen Decke kaltes Neonlicht herabschimmelte, aber auch hier war kein Mensch zu sehen. Zögernd schritt ich auf die gelbgrüne Geschmacklosigkeit zu, während in mir die Frage kreiste, welcher Mensch diese grausame Gestaltung verursacht hatte. Immer weiter schritt ich in das Schweigen hinein und hatte das Gefühl, daß bei jedem Schritt grüne Staubwolken aufwirbelten. Rechts und links trieben stille Türen an mir vorbei, an denen ich vergebens lauschte. – Doch dann ein Zimmer, aus dem ein Murmeln kroch.

Ich blieb stehen, starrte auf das braune Holz, bis ich bemerkte, daß die Tür nur angelehnt war. Meine neugierige Hand streichelte sanft über das glatte Holz und öffnete sie einen Spalt, so daß ich in den Raum hineinsehen konnte.

An der gegenüberliegenden Wand hing ein Spiegel, in dem ich ein Bett erblickte, auf dessen zerknülltem weißem Laken eine Frau lag. Durch ein Kissen im Rücken saß sie halb aufgerichtet in ihrem schwarzen, seidenen Unterrock und blickte träge aus dem Fenster, das ich im Spiegel nicht mehr sehen konnte. Eine ihrer Hände zupfte beständig an den Falten des Lakens, als führte sie ein eigenes Leben, abgetrennt vom Rest des sinnlichen Körpers.

Neben dem Bett ein hölzerner Nachttisch, auf dem sich

eine Lampe und ein billiger Roman verloren. Um den einen Bettpfosten hatte sich ein langer, schwarzer Strumpf gewickelt. Scheu glitt mein Blick vom Spiegel weg zu dem trostlosen Hotelwaschbecken unter ihm. Gelbe Kacheln bleckten mir entgegen und umzingelten die überquellende Glasablage. Unter dem Becken standen ein Eimer und ein rotkarierter Koffer.

Mein Auge wollte sich gerade über dem staubigen Linoleumfußboden zurückziehen, da sah es die Quelle des Geräusches, das mich auf den Raum aufmerksam gemacht hatte. Dicht neben der Tür saß auf dem Boden ein Mann, dessen Lippen sich ständig bewegten: »An der Wand ein Schrank, darauf mein Koffer, rechts davon ein Nachttisch, eine Lampe, das Buch, das Bett, darauf die Frau, ein Tisch, zwei Stühle, daneben das Waschbecken, ein Spiegel, darunter der Koffer, ein Eimer, an der Wand ein Schrank, darauf mein Koffer . . .«

Der athletisch gebaute Mann hatte die Beine, die mit einer groben blauen Hose bekleidet waren, an den Körper herangezogen. Sonst trug er nur ein weißes Unterhemd, auf dem sich Schweißflecken abzeichneten. Die Arme hatte er verschränkt, und der geneigte Kopf starrte auf die haarigen Unterarme, auf denen sich langsam Schweißperlen bildeten. Beständig murmelnd betrachtete er die funkelnden Diamanten in seinen Haaren. Hin und wieder vereinigten sich einige Tropfen und liefen hinab, um im Stoff der Hose zu versickern.

». . . ein Tisch, zwei Stühle, daneben das Waschbekken, darunter der Koffer, ein Eimer –« Pause. »Ich habe den Spiegel vergessen. – Ein Spiegel, darunter der Koffer, ein Eimer, an der Wand ein Schrank, darauf mein Koffer, rechts davon ein Nachttisch, eine Lampe, das Buch . . .«

Unaufhörlich sprach er, kreisend, wiederholend, sich in

der Reihenfolge irrend, stockend, sich wieder verbessernd, unaufhörlich, so daß die Worte ihren Sinn verloren und nur noch Laute waren.

Sein geneigtes Profil sah, abgesehen von den Lippen, völlig leblos aus. Kurze, schwarze Haare umrahmten die gerade Stirn; die Augen schienen seltsam verblaßt unter den schwarzen Brauen, eine charaktervolle Nase, ein Bärtchen und ein gutgeschnittenes Kinn. Ein klassischer Kopf, edel, ja, man kann sagen vollkommen. Vielleicht war es das, was mich abstieß.

Langsam hoben und senkten sich die Arme, die von den hochgezogenen Armen an die Brust gedrückt wurden. Auf und ab, auf und ab, während sich der Stoff mehr und mehr mit der feuchten Hitze vollsog.

»... darauf mein Koffer, rechts davon ein Nachttisch, eine Lampe, das Buch, das Bett, darauf die Frau ...«

Ich schaute in den Spiegel, zu der Frau. Abwesend hatte sie ein Bein angehoben und kratzte sich. Schlaff ließ sie es dann wieder zurücksinken, und fast zärtlich strich die flache Hand über das faltige Bettuch. Was mochte draußen zu sehen sein, daß sie andauernd zum Fenster blickte? Die Trägheit und ihr halbbekleideter Zustand ließen sie billig erscheinen, gänzlich ohne Würde. Völlige Nacktheit hätte mehr Würde gehabt als diese selbstverliebte verlogene Schamhaftigkeit.

Plötzlich gähnte die Frau und blickte zum Spiegel, so daß ich errötend zurückzuckte. Als ich mich dem Türspalt wieder näherte, schaute sie wie vorher zum Fenster, jedoch nistete ein schmieriges Lächeln in ihren Mundwinkeln. Ich fühlte mich irgendwie besudelt und entfernte mich von der Tür. Langsam ging ich durch den grünbeteppichten Gang, aber immer noch hörte ich den Mann hinter mir: »... ein Spiegel, darunter der Koffer, ein Eimer, an der Wand ein Schrank, darauf mein Koffer, rechts davon ein Nachttisch, eine Lampe, das Buch, das Bett, darauf die Frau, ein Tisch, zwei Stühle . . .«

Nach und nach verklang die Stimme hinter mir, während meine Hand suchend über das schmutzige Gelb der Wand tastete. Ich folgte dem Flur, der nach einem scharfen Knick an einer Wand mit einem Fenster endete. Begierig auf frische Luft und Tageslicht, eilte ich auf das Fenster zu, aber es ließ sich nicht öffnen und hatte Milchglasscheiben, so daß ich nicht hinausschauen konnte.

Ratlos lehnte ich an dem kühlen Glas, als ich das schlürfende Geräusch von Schritten hörte. Nicht wissend, was ich tun sollte, folgte ich dem Laut, bis ich vor einer verschlossenen Tür stand. Das Hotel schien einen schleichenden Einfluß auf mich auszuüben, denn ich erwischte mich dabei, wie ich niederkniete und durch das Schlüsselloch spähte. Erschrocken und verwirrt richtete ich mich wieder auf, schwankend, denn es wurde mir schwarz vor Augen. Als ich wieder zu mir selber fand, klopfte ich vorsichtig an die Tür, aber keine Antwort erscholl. Ein Zögern erzitterte in mir, aber dann gab ich mir einen Ruck und öffnete leise die Tür.

Die Klinke in der Hand, blickte ich in ein anderes Hotelzimmer, in dem ein dicklicher Mann, mir den Rücken zuwendend, vor seinem Bett stand und einen Koffer öffnete. Ohne ein Wort zu sagen, beobachtete ich den Mann, der bedächtig anfing, seine Sachen auszupakken, und der mich anscheinend nicht bemerkt hatte. Breit und kräftig stand er da, mit einem weißen Hemd bekleidet und mit einer schwarzen Hose, die von breiten Hosenträgern wie ein Zelt über seine Leibesfülle gespannt wurde. Seine Hände fuhren mit sichtbarer Gewöhnung im Inneren des Koffers herum. Dann brachten sie einen Schlafanzug zutage, Waschzeug und einen kleinen Bilderrahmen, den er sorgfältig auf den Nachttisch stellte. Sonderbar war, daß in dem Rahmen kein Bild war, und mir erschien es so, als ob diese kleine, leere Fläche meinen Blick aufsaugte. Aus welchem Grund stellte man einen leeren Bilderrahmen auf, fragte es in mir, aber ich wußte es nicht.

Inzwischen hatte der Mann weiter ausgepackt, als Letztes griff er vorsichtig in den Koffer und holte etwas Unförmiges, Schwarzes hervor, das er liebevoll wie einen Säugling auf seinen Händen trug. Dann entfaltete er es, und ich sah, daß es ein Frack war, den er umständlich anzog. Feierlich trat er vor den Spiegel, zupfte an seiner Kleidung, strich über sein graues, lockiges Haar und lächelte sich ein verdorrtes Lächeln zu. Für einen Augenblick verschwand er aus meinem Blickfeld, kam aber sofort wieder, nur daß er jetzt eine Geige in der Hand hielt. Sorgfältig rückte er einen Stuhl vor den Bilderrahmen, setzte sich, um gleich wieder aufzustehen. Nachdem er ein weißes Tuch unter sein fleischiges Kinn gezwängt hatte, ließ er sich endgültig nieder, nahm seine Geige und ließ einen Ton aufklingen. Ein wunderschöner Laut schwang durch den Raum, dem ich nachsann, bis er an dem geschlossenen Fenster verrieselte. Jetzt begannen die so scheinbar plumpen Finger über die Saiten zu tanzen, um sie zu stimmen. Für einen Augenblick senkte sich der Arm mit dem Bogen zu Boden, um dann mit sichtbarer Erregung hochzuschnellen, aber kein furioses Lied erklang. Wie gelähmt verharrte der Bogen dicht vor den Saiten, ein Zittern durchlief ihn, das ihn befriedet zurückließ. Wie von einem fremden Wesen geführt, begann er nun über die Geige zu gleiten, so daß eine Melodie aufwirbelte, die wie ein zerbrechliches Jubeln auf mich wirkte. Gebannt blieb ich, der ich eigentlich die Tür hatte längst schließen wollen, stehen und schloß meine Augen. Ein Glücksgefühl durchrann mich, als jetzt Musik von Bach erklang, dann Händel und Telemann, und sogar Mozart stimmte mich froh, dem ich ansonsten nicht viel abgewinnen kann. Kaum war ein Stück verklungen, folgte schon das nächste; mit Präzision und Größe stoben musikalische Welten um mich, ohne eine Pause. – Ohne eine Pause. – Ich öffnete die Augen, suchte etwas von dem Glück, das ich empfunden hatte, aber der dicke Mann saß da, spielend, starrte mit toten Augen auf den leeren Rahmen. Mit Schwung bewegte sich der Bogen, und die Finger flogen über die Saiten, doch sein Gesicht, seine Augen vermittelten den Anschein, als sei er gar nicht da. Ein göttlicher Automat ohne Publikum, dessen Seele auf der Suche war, auf einer Suche nach – ich weiß nicht was.

Sein Kopf war inzwischen sehr rot geworden, und ich hatte das Gefühl, daß er dem Ende seiner Kräfte nahe war, aber unentwegt spielte er weiter. Schrecken erfüllte mich und Trauer um diesen Mann, so daß das Glücksgefühl in mir erstarb, ja, die Schönheit der Musik schnitt wie ein Messer in meine Seele. Ich hätte gern meinen Arm um den Mann gelegt, hätte ihm gerne gesagt, daß seine Musik mich froh gemacht habe, aber ich glaube, er hätte mich nicht verstanden, wahrscheinlich hätte er mich gar nicht wahrgenommen.

Taumelnd schloß ich die Tür und blickte auf den Gang, gedämpft drang jetzt nur noch die Geige an mein Ohr, und ich dachte, daß sie vielleicht das einzige, das letzte Lebenszeichen eines Mannes war, der am Boden eines tiefen Brunnens saß, wie eine Grille in einem Sandtrichter, der sie langsam aber sicher verschüttete.

Mir wurde übel, als ich daran dachte, daß mich vorhin

Glück erfüllt hatte, als ich der Musik lauschte. Halbblind floh ich den Gang hinab, konnte den Rückweg aber nicht finden. Grinsend schlossen die Neonlampen einen Kreis um mich, aus dem ich zu fliehen versuchte. Von Angst erfüllt, stieß ich auf eine Treppe, aber sie führte nicht hinab, sondern hinauf, kopflos wie ich war, folgte ich dem Weg, der sich mir eröffnete. Auch hier leckte grüner Plüsch lüstern nach meinen Schuhen, als ich nach oben stürmte. Ein anderer Flur, dem vorigen allerdings sehr ähnlich, glomm mir im kalten Licht entgegen. Erschöpft lehnte ich mich an die Wand, um Atem ringend, während mein Blick über die geschlossenen Türen hetzte. Ich wußte, daß ich keine Tür mehr öffnen würde, um keinen Preis.

Nachdem ich mich einigermaßen erholt hatte, ging ich, da ich nun schon hier oben war, den Gang entlang. Nichts zu hören, nichts zu sehen, nur ein häßlicher, aber doch friedlicher Gang. Nun wieder ganz ruhig geworden, ja sogar etwas belustigt über mich selbst, schritt ich an den Türen vorbei, und keine von ihnen öffnete sich plötzlich, um irgendein Unheil über mich zu ergießen. Mein Gang bekam Sicherheit und Selbstbewußtsein, leicht federnd stieg ich eine Stufe empor und folgte dem Flur um eine Biegung. Weitergehend, ganz in Gedanken versunken, wäre ich beinahe an einer weit offenen Tür vorbeigelaufen. Abrupt blieb ich stehen, ging einen Schritt zurück, drehte mich um und schaute in das Zimmer.

Ein heller Raum mit offenem Fenster, durch das ein sonniger Wind wehte und in den Blumen neben dem Bett spielte. Auf dem Bett lag ein junges Mädchen, eine junge Frau; sie lag auf dem Rücken, die Arme neben dem Körper ausgestreckt, so daß ich für einen Moment dachte, daß sie tot sei. Als ich in das Zimmer trat, stellte ich zu meinem

Schrecken fest, daß mein erster Eindruck richtig gewesen war. Erschüttert ließ ich mich auf einen Stuhl sinken, der neben dem Bett stand.

Eine schlanke Figur, deren Gestalt sich unter dem weißen Laken andeutete, mittellange braune Locken, vom Wind leicht bewegt, als ob in ihnen das Leben noch nachzitterte. Es herrschte Stille in dem Raum, Frieden, und nur vorsichtig atmete die Außenwelt durch das Fenster. Lange saß ich dort, blickte auf das schöne Gesicht, das mich sonderbar berührte. Es war keine klassische Schönheit, aber es wahrte den Ausdruck einer Lebendigkeit, die es einmal übersprudelnd erfüllt haben mußte. Lange Wimpern beschatteten die Augen, deren Blick ich gerne auf mir gefühlt hätte. Eine etwas spitze Nase und ein schmales, festes Kinn drückten Energie, aber auch eine Spur Frechheit aus, während auf den schönen geschwungenen Lippen noch die Reste eines weichen Lächelns lagen, daß aber unaufhaltsam zu verblassen drohte.

Vorgebeugt kauerte ich auf dem Stuhl, die Hände zwischen den Knien, die Finger ineinander verflochten. Doch dann löste sich eine Hand und strich vorsichtig, als könne etwas zerbrechen, über die Stirn und die Wange des Mädchens und verharrte schließlich in den weichen Locken. Glatt –, kühl fühlte sich der Tod an. Zögernd kehrte meine Hand an ihren Ausgangspunkt zurück, als wolle sie der anderen mitteilen, was sie erlebt hatte. Dann sah ich zu, wie meine Hände ihre Hand zwischen sich nahmen, sie still festhielten, und es dauerte eine ganze Weile, bis mir bewußt wurde, was ich tat. Etwas widerwillig legte ich sie zurück, strich aber noch einmal über die zartgliedrigen Finger. Ich stand auf, ging einen Schritt auf das Fenster zu, hielt aber inne und wandte mich zum Fußende des Bettes.

Langsam hob ich das Laken und betrachtete die Füße; auch diese waren schön und nicht vom modischen Schuhwerk verkrüppelt. Mich schuldig fühlend, ließ ich das Laken wieder fallen, um es danach unbeholfen glattzustreichen. Immer noch stand ich am Fußende und blickte auf das Mädchen. In mir weinte es, Tränen, die meine Seele ertränkten, weil sie nicht nach außen drangen. »Wenn das der Tod ist . . .«, dachte ich, um mich dann mit einem Ruck loszureißen und das Zimmer zu verlassen.

Schleppend ging ich den Gang entlang, zurück zur Treppe. Stufe für Stufe kämpfte ich mich nach unten, während ich vor meinen Augen den Leichnam des Mädchens sah. Aber auch das schreckliche Paar aus dem ersten Zimmer tauchte in mir auf, und ich glaubte, irgendwo die Geige zu hören.

Ich erreichte gerade die letzte Stufe, als mich eine Stimme von oben anrief: »Mein Herr, mein Herr, warten Sie!«

Wie unter einem Hieb zuckte ich zusammen und wandte mich um. Oben an der Treppe stand eine füllige Frau, die unaufhaltsam die Stufen herabschwappte. Ich sah auf die hellblonde Perücke, auf die geschminkten Lippen in dem aufgedunsenen Gesicht, das erfreut aufleuchtete. Immer noch auf der Treppe sagte sie zu mir: »Ich habe sie überall gesucht. Gut, daß ich sie endlich gefunden habe.« Ohne Pause strömten die Worte auf mich ein. »Ihr Koffer stand unten in der Halle, da habe ich ihn auf ihr Zimmer gebracht. Hier ist der Schlüssel!« –

»Mein Herr, ihr Zimmer wartet auf Sie! Wohin gehen Sie?« rief sie, denn ich war ein paar Schritte zurückgewichen. Dann sah ich die Treppe, die hinab in die Halle führte, und auf die ich zueilte.

»Mein Herr«, erscholl es hinter mir, »ihr Zimmer, ihr

Koffer, alles ist vorbereitet, alles wartet auf Sie!« Doch ich hatte schon die Halle betreten und eilte durch die Glastür.

Einmal hörte ich noch den Ruf: »Ihr Zimmer!« aber ich hatte die Straße erreicht. Blindlings rannte ich los, durch Straßen, an Menschen vorbei, die mir mißtrauisch nachsahen. Dann langte ich im Hafen an und sah mein Schiff, mein Zuhause. Ich warf mich auf meine Koje, nachdem ich die Tür versperrt hatte, und wartete auf die Abfahrt.

So verließ ich meine Heimat, ging wieder auf die Suche nach . . . ich weiß nicht was. Vielleicht nach Liebe, Glück und Frieden, aber ich habe keine Ahnung mehr, ob es das überhaupt gibt. Manchmal blitzt in mir das Wissen auf, daß da irgendwo ein Zimmer auf mich wartet, mit meinem Koffer darin, daß da vier Wände sind, die mich umschließen wollen, und aus mir eine Kreatur machen wollen, wie ich sie gesehen habe; aber meine Flucht hat ihr Ende noch nicht erreicht.

Zwiegespräch mit einem Schuppen

Der Kaffee war kalt geworden, die Kerzen ein Stück herabgebrannt, und es schien etwas Gestorbenes in der Luft zu liegen. Für einige Momente hielten alle die Luft an, wobei sie das Gefühl hatten, etwas sagen zu müssen. Dann überstürzten sie sich mit Stellungnahmen. Die Reaktionen reichten vom unehrlichen »schön« über das diplomatische »interessant« bis zum ehrlichen Mißfallen. Von der einfallslosen Frage, ob er sich das alles selbst ausgedacht habe, oder wie lange er dafür gebraucht habe, bis zur nichtssagenden Bemerkung, daß er schon als Kind viel Phantasie gehabt habe, wobei man wissen mußte, daß »viel« in der Regel »zuviel« bedeutete.

Bald darauf löste sich die Versammlung auf, und jeder strebte seinem Heim zu, um die Erinnerung an diesen Nachmittag sofort zu tilgen. Zurück blieben nur der Seemann und das Mädchen, die etwas verloren in die entleerte Runde blickten.

»Du bleibst?« fragte Björn.

»Ja«, nickte Solveig ohne besondere Bedeutung.

»Wie kommt es? Ist das die generationsbedingte Solidarität, die vereinigte Kampffront gegen die ›Alten‹, die uns vorenthalten, was sie auch nicht haben, die uns mit Versprechen abspeisen, mit denen sie schon betrogen wurden?«

»Red keinen Unsinn«, schnitt sie ihm das Wort ab, »das denkst du doch nicht wirklich.«

»Nein.« –

»Deine Stimme war so kalt, so unpersönlich. Ich weiß nicht, wie ich das sagen soll, die Geschichte war so nah, mir unglaublich nah, du aber fern, weit weg. Und nur eine entlebte Stimme schien im Raum zu sein. – Wie ein Schlag traf es mich und die anderen, als du von der ›Familie‹ sprachst, so beiläufig, so am Rande, verschwindend klein und unwichtig. An dieser Stelle, bei dieser Nebensache erschraken sie; den Rest haben sie nicht verstanden.« Beide schwiegen, dann fuhr sie fort: »Keine Liebe, kein Glück, kein Frieden.«

»Du machst mir keine Vorwürfe, wie ich so etwas nur schildern konnte, oder fragst, ob ich wirklich so denke. Ist dir das aufgefallen? – Du hast, wir haben einen Tiefpunkt erreicht. – Wenn man nicht mehr kämpft, wenn man nicht mehr argumentiert, wenn man nur noch fragt und keine Antwort mehr erwartet, ist das Ende des langen Falles gekommen. Nichts sein, nichts haben, nichts können. Keine Fülle, keine Leere, kein Licht und kein Dunkel, nur Zwielicht, ungreifbares Zwielicht, in dem alles formlos verschwimmt. Eins ist wie das andere, ein Tag wie der nächste, alles gleich, endlose Ödnis: Bleierne Müdigkeit, kein Schlaf, kein Friede; hektische Betriebsamkeit, doch kein Ziel, kein Glück; unzählige Leben laufen parallel nebeneinander, doch keine Berührung, keine Gemeinschaft, keine Liebe. – Nichts sein, nichts können, nichts haben . . . Hölle.«

Mühsam formten Solveigs Lippen eine Frage: »Haben wir nicht einander?« – Björn blickte sie an. »Nein, – vielleicht Erinnerungen, sonst nichts.«

Langsam stand sie auf, stützte sich auf die Lehne des Stuhles, dann schob sie ihn an den Tisch. Einen nach dem anderen schob sie an seinen Platz, beim letzten blieb sie stehen. »Und jetzt, was kommt jetzt?«

Der Seemann konnte die zersplitterte Stimme nicht ertragen, die ihr bröckelnd entglitten war. Trotzdem antwortete er ihr nur widerwillig, fast gezwungen: »Geh zu Bett. Morgen wird es noch einen Tag geben, den letzten, Silvester, und es wird noch eine Geschichte geben.«

Auch er war wenig später auf sein Zimmer gegangen, doch die Ruhe floh ihn. Mit sich selber im Unreinen, stand er am verfinsterten Fenster, wischte über die beschlagenen Scheiben, versuchte hinauszuspähen und machte sich dabei Vorwürfe. Wie hatte er nur sagen können, daß noch eine Geschichte kommen würde, die Woche war vorbei, und er war leer, völlig entleert, alles hatte er weitergegeben. Aber er konnte nicht an dieser Stelle den Schlußstrich ziehen, es mußte weitergehen. Nur wie? Wie ein Tier im Käfig schritt er auf und ab, bis es ihm zu eng wurde, und er hinaus in die Nacht ging.

Kühl wehte die Straße vorbei, die er abwesend entlangging. Als er stehenblieb, fand er sich vor dem Haus der Eltern wieder, die aber, den dunklen Fenstern nach, schon schliefen. Björn dachte an den letzten Tag zurück, wie er auf dem Dach ritt. Mit einem Mal öffnete er das Gartentor, denn eine andere Erinnerung hatte ihn gepackt. Der Schuppen. Jetzt hatte er Zeit, noch einmal in sein staubiges Dunkel einzutauchen. Vorsichtig, ohne einen Laut, bewegte er die alte Tür, bis die Öffnung groß genug für ihn war. Wieder schien die einsame Glühbirne die Dinge von innen zum Leuchten zu bringen. Nichts hatte sich verändert. Lächelnd streichelte er die räudige Mähne eines verblaßten Schaukelpferdes, wischte den Staub vom Sattel und setzte sich, wobei die Kufen besorgt aufstöhnten.

Würde er hier eine Antwort finden, fragte er sich. – So wie es jeden Morgen Licht wurde, mußte ihm Antwort werden. Es mußte einfach. – Hätte Sigvat eine Antwort gewußt? Vielleicht, mit Sicherheit konnte er nur sagen, daß er die Frage, daß Fragen, die Zweifel, die Ängste, das Ausharren und die Sehnsucht kannte. – Seine Mutter, was hätte seine Mutter gesagt? Sie hätte gesagt, daß er Gott brauche, oder zumindest hätte sie gemeint, daß er Christ sei, wie er denn überhaupt solche Probleme haben könne. Aber das war es ja gerade, er hatte Gott, und Gott hatte ihn, er erkannte und war erkannt und doch . . . Gerade dann blieben Fragen, taten sich neue auf. Warum gab es immer noch solche Leere im Leben? Obwohl er gefunden hatte, suchte er; obwohl er eine neue Kreatur sein sollte, sah er überall die brüchigen, morschen Strukturen des Alten, den zerfallenden Boden unter seinen Füßen. Wie konnte man in so einer Welt leben? Keine besonders neue Frage, aber wie konnte man mit dem Menschen leben, der man war? Leben, was war das? War das nicht das Thema, das irgendwie die ganze Woche über versteckt angeklungen war?

Die Gedanken wurden so drängend, daß sie laut wurden: »Lebe ich, oder existiere ich nur?«

Mit einem scharfen Knacken zerbrach eine der Kufen unter ihm, so daß seine Hände reflexartig Halt suchten. Unsanft aus seinen quälenden Gedanken gerissen, stand er auf und ging zu dem dunklen Schrank in der Ecke. Schon gestern hatte er ihn mit seinem verborgenen Inhalt, mit seinem weichen wächsernen Glanz gelockt. Fast schüchtern legte er seine Hand auf den Griff einer Schublade, die sich nur widerwillig und ruckelnd öffnete. Stoffreste, alte Farbtöpfe und steinharter Klebstoff. In einer anderen lagen ein Gummiball, eine Reihe Stummel von Zimmermannsbleistiften, vergilbtes Papier mit alten Zahlenreihen, Paketschnur und zwischen allem ein alter Kalenderzettel aus dem Jahre 1978. Björn informierte sich darüber, wann damals Sonnen- und Mondaufgang war, wie der Heilige des Tages hieß, las flüchtig den Bibeltext und blieb schließlich für einen Augenblick bei einem Spruch von Angelus Silesius hängen:

»Der Himmel ist in dir und auch der Höllen Qual;
was du erwählst und willst, das hast du überall.«

War das eine Antwort? Er wußte es nicht, vielleicht eine Zusammenfassung dessen, was er fühlte und dachte. »Wählen« und »Wollen«, die Worte blieben stumm, und er legte den Zettel zurück. Quietschend öffnete er eine Tür, hinter der alte Aktenordner schlummerten. Sein Vater verwahrte hier scheinbar beglichene Rechnungen, Quittungen und Steuersachen auf. Und das in einem Schuppen, in den jeder eindringen konnte, wunderte er sich. Seine Finger glitten über die Rücken der Aktenordner wie über die Tastatur eines Klaviers, die daraufhin bereitwillig Staub verbreiteten.

Ganz zuunterst lagen einige prall gefüllte Briefumschläge, die sich, als er sie berührte, in Fetzen auflösten und einen Regen alter Fotos auf den Boden ergossen. Der Seemann hockte sich hin und begann sie wieder einzusammeln, wobei er sie ans Licht hielt, um sie zu betrachten. Auf einem sah er das Haus, als Klaksvik noch viel kleiner gewesen war; ein Winterbild, auf dem die Inseln weiß überpudert waren; die Großeltern in ihrer Sonntagskleidung, Großmutter sichtlich bemüht, würdig auszusehen; Halfdan mit seiner ersten Angel, Vater in Uniform, er selbst als lächelnder Säugling von drei Monaten, sein erster Schultag, Gruppenaufnahmen mit der ganzen Familie und mit der Gemeinde, Bilder vom Hafen, verwackelte Sturmbilder und ein gestrandetes Schiff. – Eine kleine Welt hielt er zwischen seinen Fingern, eine Unzahl von Menschen und sogar Teile seines eigenen Lebens.

Er schaute noch einmal dem lachenden Säugling in die Augen und auch dem kleinen Jungen vor der Schule. Hatte er damals gelebt oder nur erlebt; war nicht ein Ereignis nach dem anderen an ihm vorbeigezogen, hatte ihn in seinem Strudel ein Stück mitgerissen und ihn dann treiben lassen bis zum nächsten Geschehen? Und jetzt, heute? Er fühlte sich gestrandet, wie das Schiff auf dem Foto; er beobachtete das Leben der anderen, analysierte und interpretierte, doch es war kein Ersatz. Leben mußte verstandenes Erleben sein, aber wie kam man dahin?

Gleichsam auf der Stelle tretend, lehnte er am Schrank, und das Schweigen des Gebetes überwältigte ihn. Minute um Minute floß dahin, die Lampe schwirrte zart, und die Latten der Hütte knackten im nächtlichen Schlaf, bis sich seine Augen wieder öffneten und bei der Sense an der gegenüberliegenden Wand hängenblieben. Zielsicher ging er auf sie zu, ergriff sie, setzte sich auf einen Stuhl in der Ecke, mit den alten Griffen in den Händen. Und in dieser Nacht verstand er, was das alte Holz ihm zuflüsterte.

Die Augen schließend, sah er sich auf einer Wiese stehen, die gemäht werden mußte. Seine Lungen pumpten, die Arme hoben und senkten sich, durchlebten Verzweiflung und Neuanfang.

Der östliche Horizont hatte schon einen grauen Schimmer, als Björn in sein Zimmer zurückkehrte. Schnell entkleidete er sich und ging zu Bett, angefüllt mit einem Frieden, der den Schlaf willkommen hieß, in der Gewißheit, daß er auch morgen noch da war.

Regen beschloß das Jahr, trist und einfallslos, nebensächlich aus den Wolken fallend, ohne Charakter. Sehr spät war der Seemann nach unten gekommen, und lange saß er allein beim Frühstück, das die anderen vor geraumer Zeit beendet hatten. Es war lange her, daß er mit Freude, mit solchem Genuß und vor allen Dingen mit solchem Bewußtsein gegessen hatte. Als er den letzten Schluck Kaffee trank, kam Tante Maria in die Küche, um mit zielsicheren Bewegungen einen Kuchen zu backen. Die altgewohnten, immer gleichen Abläufe ließen es zu, daß sie dabei ständig mit ihm sprach. Zum ersten Mal ließ er sich ohne Widerwillen auf ihr Plaudern ein, das wie perlendes Mineralwasser seine Ohren umsprudelte. Dann aber raffte er sich auf, trat in den Flur, zog seine dicke Jacke an, setzte seine Mütze auf und wollte gerade aus dem Haus gehen, als Solveig die Treppe hinabkam.

»Björn?« fragte sie ein wenig atemlos.

»Komm mit«, meinte er kurz angebunden. Fertig angezogen zögerte sie auf einmal: »Was ist mit meinem Vater, soll ich ihn holen?«

Der junge Mann faßte sich ans Kinn und überlegte: »Nein, laß ihn hier. Meine letzte Geschichte kann ich jeweils nur einem Hörer erzählen. Falls sie dir zur Antwort werden sollte, bist du vielleicht in der Lage, sie oder deine eigene ihm zu erzählen.«

Wie am ersten Abend gingen sie wieder gemeinsam durch die Straßen, doch diesmal von Onkel Sigvats Haus zu dem seiner Eltern. Solveig wollte schon zur Haustür gehen, als Björn sie aufhielt.

»Nein, wir gehen dort drüben hin«, sagte er und wies auf den Schuppen. Etwas erstaunt folgte sie ihm in den dunkel-gemütlichen Raum. Bedächtig legte er einen Holzklotz unter die zerbrochene Kufe des Schaukelpferdes, bevor er sich darauf niederließ.

»Hast du diese Nacht gut geschlafen?« fragte er Solveig, die sich auf den Stuhl gesetzt hatte.

»Wie hätte ich können?« gab sie zurück. »Ich war – ich

bin aus dem Gleichgewicht geraten. Lange saß ich an meinem Schreibtisch und versuchte zu formulieren, was in mir geschehen war. Viel Papier habe ich zerrissen. Dann gab ich auf, es klar und nüchtern zu Papier zu bringen. – Ich habe dann zum ersten Mal ein Gedicht geschrieben. Scheinbar ist es ansteckend, Geschichten anzuhören.«

»Darf ich es hören?«

»Ich weiß nicht, einmal kann ich es nicht auswendig, außerdem ist es noch zu dicht bei mir, das ganze Geschehen. – Vielleicht später einmal.«

Sie schwiegen eine Weile, während Björn mit einem Stock im Sägemehl am Boden zeichnete. Endlich warf er ihn weg.

»Siehst du die Sense an der Wand? – Nimm sie herab, – halte sie, – fühle sie, – lausche ihr.«

Ratlos war sie seinen Anweisungen gefolgt und legte schließlich das unförmige Ding zwischen sie auf den Boden. Versonnen strich er mit zwei Fingern über das Holz und begann zu sprechen.

Lebe!

Früh am Morgen trat Erik Hilmarson aus seinem Haus und betrachtete den Himmel. Er schien einer der seltenen langanhaltenden, sonnigen Tage zu werden, so daß sich eine gewisse Zufriedenheit um seine Augen legte. Er ging in den Schuppen, in dem die große Sense an der Wand stand. Gestern, als er sie dengelte, dachte er daran, durch wie viele Hände diese Sense schon gegangen war. Es waren bestimmt viele, das spürte man daran, wie sich die Griffe in die Hände schmiegten. Sie gehörte zum Inventar des Hauses, und sein Vorgänger in der Gemeinde hatte sie ihm, dem neuen Pastor, extra gezeigt und dabei ihr ehrwürdiges Alter betont. Schmunzelnd trat er mit der Sense auf der Schulter wieder aus dem Schuppen. Er dachte daran, daß er wahrscheinlich der einzige Pastor auf den Färöern war, zu dessen Pflichten es gehörte, den Grund und Boden der Gemeinde, sprich den Friedhof, zu mähen, und dann das Heu an die Armen der Gemeinde, beziehungsweise deren Schafe zu verteilen. Dies war sein erstes Jahr in seiner ersten Gemeinde, und somit auch das erste Mal, daß er den Friedhof mähen würde. Gestern hatte er ein bißchen neben seiner Haustür geübt, damit er heute mit der Sense zurechtkam.

Für die paar Schritte zur Kirche und zum Friedhof ließ er sich Zeit, denn der Morgen war einfach zu schön, als daß man hätte an die Arbeit gehen können, ohne ihn zu würdigen. An der Friedhofsmauer angelangt, schaute sich Erik um, ob ihn auch keines seiner Gemeindemitglieder sah, dann warf er die Sense über die Mauer und kletterte hinterher. Grinsend rutschte er auf der anderen Seite herunter, dann ging er zum Tor, aber es war immer noch kein Mensch zu sehen. Er liebte es, über Mauern zu klettern, auch wenn es eine etwas sonderbare Grille war. Allerdings achtete er immer darauf, daß ihn niemand sah, damit seine Würde keinen Schaden nahm.

Hochaufgerichtet besah sich Erik den Friedhof, der seine kleine Kirche umkränzte. Die Fläche war nicht besonders groß, da aber überall halbverborgene Grabsteine aus dem hohen Gras schauten, würde es einen Tag dauern, bis er alles gemäht haben würde.

Immer noch stand der große, hagere und unschöne Mann da, mit einem Finger über die Schneide der Sense streichend. Unter der blauen Strickmütze sprang eine furchterregende gebogene Nase vor, deren fleischige Flügel eine animalische Gier ausstrahlten. Zwischen dieser Nase und einem knochigen Kinn, versuchte ein schmaler Mund seinen Platz zu behaupten. Ein Dreitagebart stachelte der Sonne entgegen und versuchte schamhaft, die eingefallenen Wangen zu bedecken. Meistens strich eine seiner feingliedrigen Hände durch das wachsende Dikkicht, wenn nicht sogar beide, knetete das Gesicht, zog die Mundwinkel herauf und herunter oder wütete in seiner planlosen Frisur. Diese Eigenschaft stiftete viel Verwirrung bei seinen Gemeindegliedern, denn sie konnten seinem Gesichtsausdruck nie entnehmen, was er wirklich dachte. So war es schon vorgekommen, daß seine Hände während eines ernsten Gespräches einen völlig törichten Gesichtsausdruck zustandegebracht hatten, oder daß er mit ins bodenlose hängenden Mundwinkeln einer heiteren Geschichte lauschte. Aber hätten sie in seine Augen geblickt, hätten sie gemerkt, daß man dort ablesen konnte, was in ihm vorging. Seine grauen Augen konnten dunkel vor Melancholie werden, aber auch vor Heiterkeit sprühen, so daß goldene Flecken über die graue Tiefe tanzten. Es kam aber auch vor, daß granitener Zorn den Menschen aus ihnen entgegensplitterte.

Jetzt schauten sie jedoch in die Ferne, während seine Hände die Sense gepackt hielten, und sein schlanker Körper sich spannte. Zischend sang die Klinge durch das Grün, das sich vor ihm neigte. Sein Blick senkte sich auf den halbkreisförmigen Bogen, der vor ihm entstanden war, und die Freude floh aus ihm. Er wußte, daß es absurd war, aber er kam sich wie ein Mörder vor.

Während seine Arme weiterarbeiteten, versuchte er an die Mittellosen seiner Gemeinde zu denken, denen seine Arbeit zugute kommen würde. Langsam stiegen Gesichter vor ihm auf, und er sah die sonntäglichen Kirchenbänke vollbesetzt vor sich. Unbewußt wurde sein Mähen verbissener und gewalttätig. Wie eine Fontäne quoll das Grün unter der Klinge hervor. Er sah die Gesichter vor sich, kalt, verschlossen und zufrieden. Je eindringlicher und je besser er ihnen predigte, desto ferner schien ihm seine Gemeinde zu sein. Einem Versinkenden gleich rief er von der Kanzel, doch keine Reaktion zeigte sich. Verschwommene Schemen waren um ihn, die nichts erschüttern konnte. Wie Hohn gellte es ihm in den Ohren, wenn er dann am Ende des Gottesdienstes hörte, wie die Alten miteinander redeten und sie dann sagten, daß der wieder ein »gutes Wort« gesprochen habe. Es kam ihm oft vor, als würde seine Gemeinde Predigten sammeln, wie andere Leute Bierdeckel, doch kein einziger setzte sie um, keiner änderte sein Leben. Wie bequem war doch das Althergebrachte!

Ein bitteres Lächeln spielte um seine Mundwinkel, als er mit der Sense zur Mauer ging, um sie zu schärfen. Erik wünschte sich, daß seine Rede so scharf gewesen wäre, wie der Stahl in seinen Händen. Mit wilder Leidenschaft ging er wieder an die Arbeit, daß das Gras an seinen Beinen hochspritzte, aber die Gefühle, die er dabei hatte, wollte er sich nicht eingestehen. Wortlos fing er an zu beten, mit Gott zu hadern über die Gemeinde, die Menschen, über sich selbst.

Nach und nach wurde Erik ruhiger, so daß er die Sense beherrschter durch das Gras ziehen konnte. Er klagte seinem Arbeitgeber sein Leid, wie er es schon oft getan hatte. Warum waren die Menschen so hartherzig, warum so voller satter Zufriedenheit? Lieblosigkeit und üble Nachrede sah er bei ihnen, Neid, Zank und Gier. In den Seelen der einzelnen gab es bittere Seen voller Verletzungen, ranzig gewordene Vergangenheit schwappte in ihnen. Versteifte, verknöcherte Gewohnheiten knarrten bei jeder Bewegung, stemmten sich wie ein Hochwasserdeich gegen alles fließend Lebendige.

In seiner Verzweiflung wurden die lebendigen Gesichter der Gemeinde zu feisten Fratzen, die um ihn herumtanzten. Schleppend wurde nun sein Mähen, denn er hatte seine eigene Vermessenheit, seinen eigenen Hochmut erkannt. Unaufhaltsam fiel er in einen Abgrund der Selbsterkenntnis, wild schmatzend glitt alles Verborgene in ihm heran. Und wieder tanzten die Gesichter der Gemeinde um ihn, doch waren sie diesmal ein Spiegel, die immer nur ihn zeigten. Alles fand er wieder, alles war er.

Die Sense sank zu Boden, während sein Blick ihr teilnahmslos folgte. Mühsam schwankte er zur Stirnwand seiner Kirche und setzte sich dort in die Sonne, sich der verzehrenden Einsamkeit überlassend, die er nicht mehr übertönen konnte. Er wünschte zu weinen, aber bleiern gerannen die Tränen in ihm. Verloren griff seine Hand in das erstorbene Gras, tastete – spielte mit ihm, bis es aus den müden Fingern rieselte. Still lag sie jetzt neben seinem Schenkel, man konnte das Blut in den Adern fließen sehen, obwohl er den Eindruck hatte, daß alles in ihm zum Stillstand gekommen war. Leere, Verlassenheit – Schweigen. – Ein zerbrochenes Flüstern nur noch, das fragte: »Gott, wo bist du?« Aber nur das Kreischen der Vögel war zu hören und das Meer.

Die Einsamkeit war das Schlimmste. Wie ein Bandwurm schlang sie sich um ihn und fraß langsam seinen Lebenssinn. Stille, immer nur Stille – keine Antwort. Wie oft hatte er schon seine Verzweiflung hinausgeschrien, angeklagt, gefordert, gebeten, doch eine Wand von Schweigen umgab ihn. Warum mußte er, eine so verachtenswerte Kreatur, den anderen Krüppeln als Pastor dienen? Immer Vorbild sein, sich als Blinder durch einen Wald tasten, von Baum zu Baum, von Versagen zu Versagen. Wie konnte er, verderbt von Grund auf, anderen sagen, was sie tun sollten, und wie sie leben sollten? So träge und unbeweglich sie auch waren, so kamen sie doch zu ihm, um sich Rat zu holen, um ihre Probleme abladen zu können. Sie wollten auch Predigten hören und wünschten, daß er wegweisende Visionen für die Gemeinde habe. Und er, Erik Hilmarson, ein schwaches, zerstörtes Wesen, sollte das alles tun! Aber er wurde alleingelassen mit all seinen Fragen, mit seiner Unfähigkeit. Stille, Schweigen, keine Antwort. – Keine Antwort . . .

Zornig öffnete er die Augen und sah auf den sonnigen Friedhof. Dann rief er laut: »Gott, was soll ich tun? Wie kann ich überhaupt etwas tun?« – Ein Käfer lief über das Blatt der Sense, und der Wind ließ das noch ungemähte Gras erzittern. Schwarz floß Trauer aus der Tiefe in seinen Augen; seine Lippen bewegten sich noch einmal stumm:

»Gott, wo bist du?« – Dann ergriff seine Hand resigniert die Sense.

Trotz seiner Jugend wirkte er alt, als er aufstand. Wie abwesend begann er wieder zu mähen, zögernd und ruckartig, wieder eingespannt in eine Pflicht, in der er keinen Sinn mehr fand, den er zwar noch suchte, jedoch ohne Hoffnung. Auch wenn er versuchte, nicht mehr zu denken, kreiste es in ihm. Alles drehte sich, rotierte, und er ging seine Gedanken wieder und wieder durch, von Anfang zum Ende und wieder zum Anfang.

So arbeitete er stetig weiter auf der grünen Fläche, aus der schief und verrostet Kreuze ragten. Auch Grabsteine staken hier, wie planlos hingeworfen. Vorsichtig arbeitete er sich um diese Zeugen der Vergangenheit herum, die ihn wie ein lückenhaftes Gebiß der Vergänglichkeit angrinsten. Behutsam führte er die Sense, denn er wollte nicht, daß sie an den Steinen schartig wurde. Doch so sehr er sich auch in acht nahm, plötzlich verhakte sich die Klinge im grünen Dickicht und kam erst nach einigem Rütteln mit einem unangenehmen Geräusch frei. Ärgerlich fuhr Erik mit seiner Hand über die Schneide, aber der Schaden war geschehen. Mißmutig ging er zu der hohen Friedhofsmauer, um die Klinge wieder zu schärfen. Als er das erledigt hatte, schaute er sich die Stelle an, an der er hängengeblieben war. Vorsichtig fühlte er im hohen Gras, bis er auf eine kleine, flache Steinplatte stieß. Nachdem er sich niedergekniet hatte, legte er die Platte rundherum frei. Es schien ein altes Kindergrab zu sein, aber den Namen konnte man nicht mehr lesen, da die Metallbuchstaben von Wind und Wetter zerfressen waren. Eriks sensible Fingerspitzen hatten aber die kurze Inschrift im Stein entdeckt, die er mit einem Grasbüschel von Erde befreite. Dann beugte er sich darüber und las: »Lebe!«

Erstaunen bemächtigte sich seines Gesichtes, denn solch eine Inschrift hatte er nicht erwartet. Vielleicht das bekannte »Ruhe in Frieden«, oder irgendeinen Bibelspruch, aber hier stand nur: »Lebe!« Erik stand wieder auf, lehnte sich auf die Sense und starrte auf den kleinen Grabstein. Dann ging er kopfschüttelnd wieder an die Arbeit. Allerdings kreisten jetzt seine Gedanken nicht mehr um sich selbst und seine Probleme, sondern um das sonderbare Wort im Stein.

Nach einer halben Stunde kam er noch einmal zu dem Stein, er las wieder halblaut: »Lebe!«. Weitermähend überlegte er, was sich die Leute wohl dabei gedacht hatten. Ob sie wohl das ewige Leben gemeint hatten? Aber es war schon seltsam, dies als Befehl zu formulieren; es klang vielmehr fast wie eine Beschwörung. Oder war dieses Wort ein Hinweis darauf, daß jemand die Realität nicht akzeptiert hatte, beziehungsweise nicht akzeptieren wollte? – Was war das denn eigentlich: »Leben«? Erik hielt inne, selbst erstaunt darüber, wieso seine Gedanken bei diesem Grabstein hängenblieben. Dann nahm er wieder seine Arbeit auf. Er schätzte, daß er jetzt etwas über die Hälfte geschafft hatte.

Rhythmisch zog er die Sense durch das Gras, so daß er im Rauschen einen Satz zu hören glaubte, der sich endlos zu wiederholen schien: »Leben, leben, immer dem Tode entgegen . . .« Ärgerlich warf er die Sense beiseite und unterbrach so den monotonen Singsang. Er ging zu der Grabplatte und häufte Gras auf sie, um so nicht mehr abgelenkt zu werden. Aber sofort spürte er, daß das ein Fehler gewesen war, denn nun wurde sein Blick erst recht von dem gräsernen Grab angezogen. Aufseufzend scharrte er die Platte wieder frei, dann ging er zur Mauer und setzte sich darauf. Vielleicht würde ihn das etwas ablenken. Das Dorf Vidareidi lag ruhig in der flachen Mulde, die die Insel hier bildete. Außer dem Linienbus war kein Lebenszeichen zu sehen. Sein Auge glitt über die sonnige Küstenlinie, über die Häuser und die Insel Bordoy jenseits des Fjordes. Aber er nahm eigentlich nicht richtig wahr, was er sah, denn sein Denken war wie gefesselt.

Erik blickte auf seine Heimat, seine Gemeinde, sein Haus, kurz, auf seinen Lebensraum, der vor ihm ausgebreitet lag. Doch wie verlief sein Leben in diesem Raum? Es war so schwer, sich darüber klar zu werden, so schwer zu versuchen, sich von sich selbst freizumachen, um dann zurückzublicken auf das, was man war. Mühsam und zögernd strampelte er sich von allen vorhandenen und eingebildeten Bindungen frei. Trotzdem bewirkte dies kein befreites Aufatmen bei ihm, sondern er fühlte sich schutzlos, nackt und einsam. Doch nicht die Einsamkeit, die ihn vorhin sich hatte zusammenkrümmen lassen, sondern die Einsamkeit eines Menschen, der verlassen auf einem großen Platz stand. Eine Verlassenheit, die in sich die Möglichkeit zur Flucht barg, wohingegen die andere wie ein alter Karpfen in einem Flußloch versteckt in ihm kreiste.

Entschlossen richtete Erik den Blick auf den Menschen, der er war: ein Mann, der seine Pflicht tat. Er arbeitete gewissenhaft seine Predigten aus, forschte in der Schrift, betete zu seinem Herrn und teilte sonntags seiner Gemeinde mit, was er glaubte, erkannt zu haben. Die Bibelstunden leitete er in dem Bestreben, seine Geschwister im Glauben weiterzubringen. Regelmäßig besuchte er die übrigen Gruppen der Gemeinde, ebenso wie die Alten und Kranken. Auch war er für die seelsorgerischen Nöte der Menschen zuständig, die allerdings in diesem Punkte selten zu ihm fanden. Erik überlegte, was sonst noch aufzuzählen war, vielleicht, daß er regelmäßig seinen Bruder, den einzigen, den er hatte, besuchte. Außerdem las er viel in seinen freien Stunden, und einmal im Jahr machte er Urlaub . . .

Ein pelziger Geschmack breitete sich in seinem Mund aus; wie schal, wie abgestanden das alles war. War das etwa Leben? – »Nein. – Nein!« erscholl es in ihm, und seine Hände suchten Halt an den Mauersteinen, wie ein Ertrinkender. Sie suchten, rutschten ab, suchten wieder und rutschten wieder ab, bis sie wie leblos neben ihm herabhingen. Ein leichtes Zucken noch, ein Zittern, dann bewegten sich nur noch die Schweißperlen, die sich an den Unterarmen hinabquälten. Was hatte er gemacht mit der Verzweiflung, die ihn seit Monaten auffraß, was mit der Leere, die ihn aushöhlte? – Er war in sein Haus gegangen, hatte sich eingeschlossen, und nichts war nach außen gedrungen. So hatte er es immer gehalten, denn er mußte stark sein für die anderen. Aber in seinen vier Wänden ließ er den entfesselten Sturm heraus, warf er das Nichts an die Wände, die geduldig alles aufsogen. Doch mit der Zeit erschien es ihm, als ob sein Haus immer kälter würde, und Pilzwucherungen gleich richtete sich der Frost in den Winkeln ein. –

Ein bitteres Lächeln würgte in ihm empor, denn er sah sich, wie er sonntags vor seiner Gemeinde stand. Wie oft hatte er versucht, ihnen etwas von der Liebe Gottes zu vermitteln, von der Liebe unter Menschen, von der Wärme und Geborgenheit der Gemeinschaft. Er sprach von der Lebens- und Kampfgemeinschaft, die die Gemeinde darstellen sollte. Genauso gut hätte ein Eskimo über die Sahara sprechen können! Er hatte nichts, was er den Menschen hätte geben können, deshalb wollte er auch Schluß machen. Lieber Fischer werden oder Landstreicher, als weiterhin den Leuten etwas vorspielen, was er gar nicht war, das er nicht konnte und nicht besaß. Nur noch den Friedhof würde er zu Ende mähen, dann hatte er hier alles beendet.

Aber war das nicht Flucht, bohrte es in ihm? Doch er verdrängte die Frage und nahm entschlossen die Sense in die Hand, während er auf den Grabstein schaute. »Lebe!« – Es stand immer noch da. Alles in ihm schrie: »Ja!«, aber wie sollte er es tun, wie konnte er es tun? Voller Resignation ging er an die Areit. Was Leben nicht war, das wußte er zur Genüge, keine Anhäufung von Aktivitäten, aber was war es? Wieder ging er zu der Grabplatte. »Lebe!« schrie es ihm entgegen, jedenfalls empfand er es so. »Lebe du!« schien ihm der Stein zuzustöhnen, »denn ich hatte keine Zeit.« Schweigend begann Erik den Rest zu mähen und ließ seine Arme rhythmisch schwingen. Ihm erschien es auf einmal so, als wäre seine ganze Person, seine ganze Seele, sein Denken, Wollen und Fühlen identisch mit seinem Körper geworden. Jeder Muskel wurde ihm bewußt, jede Sehne, die sich spannte oder entspannte, war ihm gegenwärtig. Er spürte sein Blut fließen und nahm wahr, wie die Organe arbeiteten, sogar die Erde unter seinen groben Schuhen schien er zu fühlen. Ununterbrochen fiel das Gras, und eine betäubende Wolke erfüllte seine Sinne. Schwung lag in seinen Bewegungen, Kraft und eine unbewußte Anmut. Neue Bahnen taten sich den strangulierten Gedanken auf, neue Wege, die einen Hoffnungsschimmer erahnen ließen. Mit jedem Schritt verschwand etwas von dem alten, verfilzten Gras und der fahl-grüne Grund wurde bloßgelegt. Offenheit, war es nicht das, was er brauchte? Ja, er mußte offen werden, durchscheinend, ehrlich. Gestehen können, was er seit langem in sich begraben hatte, sich die zersetzten Stellen wegschneiden lassen. Mensch sein, Mensch werden! Teilnehmen am Leben der anderen und diese teilnehmen lassen am eigenen Leben, an den Höhen und Tiefen, denn nur so konnte wirkliche Gemeinschaft entstehen. Er brauchte nicht mehr Stärke vorzutäuschen, wo keine war, kein Können heucheln, das es nicht gab. Die Freiheit, die sich Erik auftat, in der er auch versagen konnte, in der er sein sollte und wollte, wie er war, machte ihn fast trunken. Worte strömten ihm zu, und er sah sich auf der Kanzel stehen, eine Predigt halten. Eine Predigt, in der er von der Wahrheit und Freiheit, die er erlebte, erzählen würde. In der er die Leere, die Verzweiflung und Einsamkeit, die in ihm gewesen war, artikulieren konnte, in der er aber auch versuchen konnte zu beschreiben, wie Leben sein sollte. Er wollte die Menschen mit hineinnehmen in einen Traum, den er für sich verwirklichen wollte.

Immer leidenschaftlicher glitt die Sense durch das Grün, und Fessel um Fessel löste sich von ihm, so daß er sich aufrichtete und zum ersten Male seit langer Zeit in die langsam sinkende Sonne lachte. Er konnte die erstaunten Gesichter der Menschen förmlich vor sich sehen. Ein neuer Mensch; ja, ein neues Leben würde er beginnen; aber dabei wollte Erik nicht stehenbleiben, auch eine neue Gemeinde würden seine Worte vor ihren Ohren entstehen lassen. Eine Gemeinde, in der nicht er, der Pastor, die zentrale Person sein würde, die alle Arbeit zu erledigen hatte, sondern eine Gemeinschaft, in der jeder den Dienst übernehmen würde, der seinen Fähigkeiten und Gaben entsprach. Aber würden sie überhaupt wollen, fragte es in ihm, würden sie das zulassen, und würde er vor allen Dingen das in seinem eigenen Leben praktizieren können? Erik wußte es nicht, ja, er sah sich sogar schon scheitern, aber sollte das ein Hindernis sein? Wie ein breiter Strom floß es in ihm, und er beruhigte sich wieder. Es war besser, Idealen zu folgen, selbst mit dem Wissen, daß man sie nie erreichen würde, als ständig die Ideale auf das Maß der Realität zurechtzustutzen. – Doch er durfte nicht soviel an die anderen denken, denn in erster Linie mußte und wollte er sich selbst ändern. Ohne dieses konnte nichts Neues entstehen. Hoffnung brandete in Erik auf, und seine Hände kneteten erregt in seinem Gesicht.

Ein letztes Mal ergriff er die Sense und arbeitete, bis die letzten Halme fielen; alles Gras war gemäht, jetzt mußte es nur noch trocknen. Gierig kühlte er seine Hände auf den Steinen der Mauer, doch dann kehrte er noch einmal zurück, um die Sense zu holen. Einen letzten Blick auf das Grab: »Lebe!«, aber es klang wie Triumph.

Losgelöst von allem, in einer seidigen Leichtigkeit, trat er zur Friedhofsmauer, verschränkte die Hände unter dem Kinn und schaute auf das Dorf Vidareidi. Es war schön hier. Ruhig und doch voller Jubel blickte er in die Sonne, die sich dem Horizont genähert hatte. »Es wird alles anders, alles neu werden«, flüsterte er, »das Schweigen ist vorbei.«

Silvester und ein neues Jahr

Solveig hielt die Augen geschlossen und schien den Worten nachzuforschen, die, endlich zur Ruhe gekommen, im Dunkel des Schuppen hingen. Björn hingegen war seinen eigenen Worten wie der Geschichte eines anderen gefolgt und krankte nun daran, daß zwischen dem, was er empfand, was er in der Nacht erlebt hatte, und dem, was er in Worte zu kleiden versucht hatte, so ein unüberbrückbarer Graben bestand. Er hätte noch einmal neu beginnen sollen, – die Erzählung ganz anders beginnen, obwohl er auch dann gescheitert wäre, hätte neu beginnen müssen und wieder neu und noch einmal, immerzu, denn alles waren nur Facetten, die sich ergänzten, nie aber die Ganzheit wiederspiegelten, Splitter nur, wie auch er nur ein Bruchstück eines zerscherbten Ganzen war.

Unvermutet, unerwartet schoben sich die Worte des »schlesischen Engels« in seine Gedanken:

»Der Himmel ist in dir und auch der Höllen Qual;
was du erwählst und willst, das hast du überall.«

Sprach der Vers heute zu ihm? Ja, er sprach, die Worte lauteten, rührten etwas wiedererkennend in ihm an. »Wählen« und »Wollen« formten seine Lippen lautlos. Der Glaube, daß man wollte, war so oft irrig, denn Wollen konnte man nur, wenn man in sich, in seinem Wesenskern, das Nichtwollen erkannte und entdeckte. Der Wunsch, der Wille wurden täglich, stündlich durchkreuzt, zerstört, so daß Altes und Neues nebeneinander standen und man letztendlich gelähmt war. Das erkennen und dann neu, immer wieder neu zu wählen und zu wollen, das war das Ziel, das es anzustreben galt.

Der Versuch, den Abgrund und das Scheitern sichtbar zu machen, den er so oft in diesen Tagen mit Worten unternommen hatte, verlor er nun seine Berechtigung, fragte er sich. – Mühsam nur rang er sich zu einer Antwort durch: Es, das Dunkel, blieb bestehen, gefesselt zwar, gleich dem Fenriswolf, bereit aber zu jeder Stunde sich Befreiung zu erkämpfen. Darum blieb die Notwendigkeit bestehen, sich selbst und den anderen das Nichts in einem jeden zu zeigen.

Jetzt öffnete Solveig die Augen – keiner von ihnen wußte, wieviel Zeit verstrichen war – und blickte ihn in einer Art und Weise an, als hätte sie seine Gedanken gehört. Schleppend, als wäre sie noch weit fort, sprach sie zwei Worte: »Eine Antwort.«

»Meine Antwort«, fügte der Seemann hinzu.

»Vielleicht auch meine, ich weiß es nicht. Ich brauche Zeit, mehr Zeit.«

Plötzlich schoß Björn ein Bild durch den Kopf, von dem er nicht wußte, wie er darauf kam. »Solveig, stell dir vor, wir stünden auf dem Dach und blickten die Straße entlang. Wir sehen uns, wir sehen die Menschen, die Häuser anfüllen, die über die Straße laufen, miteinander reden, sich lieben, sich hassen, sich zerfleischen, sich beschenken und vieles mehr, die einfach leben, ob gut oder schlecht, das sei dahingestellt. Und wir stehen auf dem Dach, direkt an der Kante, schauen hinab. – Es gibt immer zwei Wege sich hinabzustürzen; der eine ist, einen Schritt nach vorn zu tun, um den Abgrund und den Tod an sich zu ziehen. Ein Schritt, der klar, einfach und logisch ist, wenn man die Menschen in ihrer Art und vor allem sich selbst erkannt hat. Die andere Art sich hinabzustürzen ist, sich umzudrehen und die Treppe hinabzugehen, zu den Menschen, zum Leben, um daran teilzunehmen, um mitzuleben, aber um anders mitzuleben, um neue Akzente zu setzen. Dieser zweite Weg ist unendlich schwer, aber ein Abenteuer, ein Anfang und keine Sackgasse.«

Eine Pause entstand, nicht weil sie nichts zu sagen gewußt hätte, sondern weil jetzt an diesem Ort zu diesem Zeitpunkt nichts mehr hinzuzufügen war. Dann stand Solveig auf und beendete die Tage des Erzählens; ziellos ging sie ein paar Schritte, betrachtete den alten Plunder, der hier in zeitloser Gemütlichkeit verstaubte. Schließlich wandte sie sich wieder um und fragte, was seine weiteren Pläne seien.

»Mein Urlaub geht zu Ende, morgen fliege ich zurück nach Kopenhagen.«

»Und, bist du noch immer Odysseus, der nie zu Hause ankommt, weil er nie wirklich weg war?«

»Doch, ich war weg, in einer anderen Art und Weise als ich je gedacht hätte. Zu Hause bin ich noch nicht, aber auf dem Weg, immer auf dem Weg.«

»Wann wirst du wiederkommen?«

»Ich weiß es nicht, zunächst einmal fahre ich fort, auf der Suche nach .. immer auf der Suche ... Vielleicht werde ich woanders Geschichten erzählen, vielleicht werden irgendwo Geschichtenerzähler gebraucht. Es kann aber gut sein, daß mein Weg auch wieder hierhin führt, in einem anderen Jahr, vielleicht wieder zu Weihnachten. – Jetzt geh aber zu deinen Eltern, wir sehen uns ja heute abend.«

Dann gingen sie hinaus, und der alte Schuppen versank wieder in seiner gewohnten Stille. Hin und wieder ächzte ein Brett verstohlen, als gäbe es einen Kommentar zu allem Gehörten ab, während der Staub alles gleichmäßig überpuderte und so alle Spuren der Geschehnisse auslöschte.

Am Abend saß Björn mit vielen anderen zur Jahresschlußandacht in der Kirche. Vor ihm füllte die Familie, die fast vollständig angereist war, drei Bänke. Es war eine unerfindliche Tradition, daß sie sich zu Silvester wie zu Weihnachten trafen. Alle waren da, die Vettern und Cousinen, Nichten, Neffen, Geschwister, Eltern und Großeltern, Tanten und Onkel. Eng zusammengequetscht saßen sie schwitzend im kerzenüberstrahlten Raum. Neben Björn saß der »Kartoffelonkel«, der lauthals schmetternd sang, so daß noch zwei Bänke weiter die Leute zusammenzuckten, wenn er einsetzte. Als Kinder hatten sie ihm seinen seltsamen Spitznamen gegeben, weil von ihm die Begebenheit erzählt wurde, daß er als Kind im Zorn die Kartoffeln seiner Eltern mit der Axt kleingehackt hatte, eine imponierende Tat, wegen der ihn alle Kinder der Familie verehrten. Am anderen Ende der Bank konnte er seinen Vater sehen, der mit seinem Fuß den Takt mitzählte und jedesmal grimmige Blicke zum Organisten warf, wenn dieser sich erfrechte, einen anderen Takt zu spielen, als er für gut empfand. Weiter vorne flüsterten zwei Tanten lautstark miteinander, so daß ein Großteil der Gemeinde zuhören konnte. Es war schon sonderbar, daß ausgerechnet die Menschen, die des Flüsterns nicht mächtig waren, immer so ein starkes Verlangen danach hatten.

Wie Gezeiten schwappten die Strophen durch den Saal und ließen die erschöpfte Gemeinde zurück, bis sie dann mit Genugtuung wahrnahmen, daß der Pastor die Kanzel erklomm, und sie sich zurücklehnen konnten, um über das vergangene Jahr zu sinnieren. Der leidgeprüfte Pastor, Traum ungezählter ältlicher Witwen, versuchte mit einem zwingenden Blick das Interesse der Gelangweilten unter der Zuhörerschaft zu wecken, bis er sich resigniert seinem Thema zuwandte.

»... und er hat gemacht, daß von einem Blut aller Menschen Geschlechter auf dem ganzen Erdboden wohnen, ... daß sie den Herren suchen sollten, ob sie doch ihn fühlen und finden möchten; und fürwahr, er ist nicht ferne von einem jeglichen unter uns. Denn in ihm leben, weben und sind wir ...«

Der junge Mann spürte, daß sich Solveig umwandte und zu ihm blickte, so daß er kurz zu ihr hinüberschaute und ihr zunickte. Nach der guten, jedoch nicht aufwühlenden Predigt wurde gesungen und dann gebetet. Der Dank der einzelnen verknüpfte und verwob sich mit den Worten der anderen und bildete ein weit prächtigeres Gebäude als die Mauern, die sie umgaben. So bekam auch dieses Jahr einen Abschluß, der alles Allzumenschliche vergessen ließ.

Und wieder waren sie im Haus der Eltern versammelt, füllten das große Wohnzimmer mit ihrer eindringlichen Gegenwart. Die Gespräche der Runde wälzten sich gegen die Fenster, wo sie feucht hängenblieben. Jetzt, am Abend vor der Abreise, war es wie vor einer Woche, derselbe Raum, dieselben Menschen, Lachen, Flüstern, glühende Gesichter, die an ihren Krawatten zerrten, huschende Blicke: Familie. Was fesselte ihn an sie, was trieb ihn immer wieder von ihr fort? Wie sehr hatte er sie draußen in der Weite vermißt, jeden einzelnen, die ganze kleine Welt. Und doch nicht eigentlich sie, sondern das Wissen, daß sie da waren, daß sie existierten, mit allen ihren Fehlern und Vorzügen, das war ihm abhanden gekommen. Aber an diesem Abend zog er sich nicht an den Rand zurück, um zu beobachten, sondern er nahm teil, schloß sich mit ein in den großen Kreis der Zusammengehörigkeit. Und nur einmal, ganz kurz, sah er die Phantome des Weihnachtsabends, doch ließ er sich diesmal nicht faszinieren. Er wandte sich den Lebenden zu, die ihn wie ein großer Tanz umringten, lachte, redete, schwieg, aß und trank mit ihnen.

Erst nachdem die Jahreswende still-feierlich begangen war, ging der Kreis auseinander. Im Getriebe des Aufbruches sahen sich Björn und Solveig nur von weitem und winkten sich kurz zu, bevor sie getrennt wurden.

Björn war der erste, der am Neujahrsmorgen aufstand; leise, ohne jemanden zu wecken, packte er seine Sachen zusammen. Dann weckte er Sigvat, der ihn zum Flugplatz bringen wollte. Eigentlich hatten ihn seine Eltern nach Vagar bringen sollen, aber bis sie nach dem Fest die Wohnung in Ordnung gebracht hatten, war es so spät geworden, daß er sie nicht auch noch damit belasten wollte. Wortkarg aßen sie beim letzten gemeinsamen Frühstück, nach dessen Beendigung sie zum altersschwachen Wagen des Onkels gingen. Es grenzte an ein Wunder, daß dieses Vehikel überhaupt noch fuhr. Spöttische Zungen sagten, daß es nicht mit Benzin, sondern nur mit Gebeten fahre. Langsam schaukelten sie durch das schlafende Klaksvik zur Fähre, die in dieser frühen Stunde von Halfdans Partner bedient wurde. Verstohlen betrachtete Björn das Profil seines Onkels, dessen Hände nur locker das tanzende Lenkrad umfaßt hielten. Wußte er eigentlich, was für ein Mensch er war? So nahe wie in diesen Tagen waren sie sich sonst nie gekommen – vielleicht weil sie sich so ähnelten.

»Was denkst du, Onkel?« –

»Nichts. – Du fährst weg?«

»Ja, ich fahre.«

»Und?« –

»Du hattest recht.«

»Recht? Womit?« fragte er mit einem Seitenblick, der den Wagen einen unfreiwilligen Schlenker vollführen ließ.

»Leben, du sagtest zu mir ich solle leben und nicht reden, trotzdem dauerte es eine Woche bis ich verstand.« – Er machte eine Pause. – »Ich will leben, aber das Reden, das Erzählen gehört dazu, beides zusammen. – Und du, wie lebst du?«

Sigvat folgte mit den Augen der kurvenreichen Straße, so daß der junge Mann glaubte, er habe die Frage überhört oder wollte sie nicht beantworten.

»Ja . . .«, meinte er dann, »das große Wagnis habe ich gescheut, vielleicht ein Grund, mit sich zu hadern, aber das zerstört das wenige, das man besitzt. – Ein kleines Leben nur, versteckt, verborgen, aber da, triumphierend vorhanden. Nicht viel wert, denke ich, nur wie Heu und Stoppeln, doch wenn ich auch alt werde, der Hunger nach mehr ist nicht mehr zu löschen.«

Die Straßen waren wie leergefegt an diesem Morgen, und auch die Fähren bewegten sich nur schlaftrunken, allein die Vögel kannten keine Feiertage und waren nimmersatt auf Fischfang. Erst vor dem Flughafengebäude sahen sie andere Autos, andere Menschen, die wie in Watte gepackt hinter- und nebeneinander hergingen, ohne sich wahrzunehmen.

Zum Abschied gaben sich Björn und Sigvat die Hand, wie Fremde, aber sie kannten sich und ihre Beschränktheit auf diesem Gebiet. Als Björn seinen Koffer schon in der Hand hielt, griff Sigvat plötzlich in seine Jackentasche und förderte einen Briefumschlag zutage, den er beinahe vergessen hätte, obwohl Solveig ihn mehrmals daran erinnert hatte.

Der Seemann hatte Glück und bekam einen Fensterplatz in der Maschine, die schon auf dem Flugfeld stand. Er war ruhig, wunderbar ruhig, als er den Umschlag öffnete. Ein zusammengefaltetes, leicht zerknittertes Stück Papier fiel in seine Hand, auf dem mit Bleistift geschrieben war. Der Text war mehrmals überarbeitet, einiges war durchgestrichen, ganz oben auf dem Blatt war etwas säuberlich mit Tinte notiert: »Lieber Björn, das ist das Gedicht, das ich vorgestern nacht in einer sehr dunklen Stunde schrieb. Ich weiß nicht, ob es wirklich das ausdrückt, was ich fühlte, aber es ist halt das, was ich damals (es ist sonderbarerweise schon ein »damals«) zu Papier bringen konnte.

Solveig

Ob wohl noch ein Morgen kommen wird,
mit blasser Silberdistelspur,
die kränkelnd über alte Himmel führt?
Wenn bitt're Leben träufelt pur

vom Horizont, der fern um unser Blickfeld schleicht,
wenn Vogelstimmen in der hohen Luft erstarren,
und frostig-bunt die Kälte raschelnd uns erreicht,
wird uns das täuschend' Glück dann wieder narren?

Was ist es, das in uns so gierig-grün
in jedem Auge sucht des letzten Tags Verglühn,
und zehrend sich in diesem letzten Strahle sonnt?

Von mürben Äpfeln lagert leicht ein Hauch auf diesem
dunklen Rasen,

die dürren Wipfel sind durchkrümmt von schwarzer
Einsamkeit gleich Gasen;
ob wohl noch ein neuer Morgen kommt?«

Björn faltete das Stück Papier wieder zusammen und steckte es in seine Jacke, dann sagte er mit lächelnden Augen: »Er kommt!« woraufhin sein Platznachbar ihn erstaunt musterte.

Mit einem Dröhnen sprangen die Motoren an, und die Maschine spurtete über die kurze Startbahn, an dessen Ende sie, kurz vor dem Meer, endlich schwerfällig abhob. Björn schaute aus dem Fenster, hinab zu den Inseln, die sich in einigen Wolkenlöchern zeigten. Grün, karg, abweisend und irgendwie versponnen lagen sie trotzig im bleigrauen Meer. Dann schlossen sich die Wolken.